IM SCHNITTPUNKT DER DIMENSIONEN

IM SCHNITTPUNKT DER DIMENSIONEN

Roman

Susanne Oswald

Alle Petrarca-Zitate aus:
Reclam Universalbibliothek Nr. 886

1

Gibt es UFOs? Keine Ahnung! Ich habe mich zwar mein Leben lang für sonderbare Dinge interessiert und auch viel Merkwürdiges erlebt, aber diese Frage hatte ich mir bisher noch niemals ernsthaft gestellt. Mein Standpunkt – mit dem ich bisher gut durchs Leben kam – war stets, dass ich mich ausschließlich um Dinge kümmere, die mich ganz direkt etwas angehen. Und ein UFO war einfach noch nie vor meinen Füssen gelandet! Darum hatte ich auch keine Meinung darüber, ob es so etwas wie fliegende Untertassen tatsächlich gibt.

Im Nachhinein muss ich zugeben, dass ich es mir ziemlich einfach machte: Da ich noch niemals ein UFO gesehen hatte, ging ich davon aus, dass es keine gibt. Und die Erzählungen über seltsame Luftschiffe in allen Formen, über Lichtkugeln, die Piloten verfolgen, die Berichte über geheimnisvolle Begegnungen und grausame Entführungen – ich versorgte sie irgendwo in einem Zwischenbereich meines Gedächtnisses, wo sie im Dämmer schlummerten und meine Ruhe nicht störten. Ich wusste davon, aber ich befasste mich so wenig damit, dass ich mir nicht einmal die Mühe nahm, mir ein Urteil zu bilden. Doch plötzlich bin ich mir nicht mehr sicher, ob diese Haltung gerechtfertigt ist.

Doch der Reihe nach: Bevor mein Blick ins All fiel, lenkte ich ihn zuerst einmal zurück in die Vergangenheit. Eine Fotoausstellung war der Auslöser.

Man stelle sich vor, da gab es doch tatsächlich am Anfang des Jahrhunderts einen stillen Mann auf dem Land, der sich nur mit größten Schwierigkeiten über die Runden brachte. Er lebte von der Hand in den Mund und hatte weder das eine noch das andere jemals richtig voll. Jedenfalls sah er auf seinen Bildern erbärmlich mager aus. Dieser Mann war von der Fotografie besessen und bannte auf seine Scheiben, was immer ihm vor seine massige Kamera kam – vorausgesetzt, er hatte wieder einmal genügend Geld zusammengekratzt, um sich ein paar neue Fotoplatten zu leisten. Was mag ihn wohl getrieben haben, das, was er ohne Kosten jeden Tag sehen konnte, für teures Geld auf Glasplatten zu bannen? Fühlte er sich als Dokumentarist? Wusste er, dass sich die Welt verändern würde und wollte er für die Nachkommen aufzeichnen, wie es damals war? Oder spielte er mit der Wirklichkeit, indem er mit seinen festgefrorenen Bildern Geschichten schuf, die sich so vielleicht niemals zugetragen hatten?

Seine Fotografien jedenfalls waren von einer seltsamen Eindringlichkeit. Die Szenen waren einfach, Momente der Arbeit, des Lebens auf dem Land: Steine brechen, Brücken bauen, Äcker umpflügen, Schweine schlachten. Essen und Trinken unter dem Kastanienbaum. Kinder, Hochzeiten, Beerdigungen. Frühling, Sommer, Herbst und Winter. Seltsame Kleider, arme Leute, Kinderarbeit. Schmutz und Unordnung, aber auch Gegenstände von seltsamer Schönheit, Werkzeuge, Gefäße, Wagen und Schlitten. Naturbilder gab es nicht, für die Natur waren ihm die Fotoplatten wohl zu teuer. Ihn interessierte der Mensch. Vielleicht waren es Freunde und Bekannte, die er ablichtete, vielleicht aber suchte er sich Fremde, von denen er nichts wusste. Vielleicht wollte er gar nichts von ihnen wissen, sondern nur zeigen: Das ist der Mensch.

Und wie sie dreinschauten, seine Menschen. Mit großen, bewussten Augen, ganz klar. So als ob sie wüssten, dass sie über Generationen hinweg in die Zukunft schauten, in meine Augen, in die Augen der Menschen meiner Zeit.

Sie waren arm, damals, das war leicht zu sehen. Viele der Kinder wirkten verlumpt. Und auch die Erwachsenen trugen Kleider, denen man ansah, dass sie sie nicht all zu oft wechseln konnten. Sich und seine Kleider waschen war ein Luxus, den man sich nur mit großem Bedacht gönnte. Schließlich musste jedes Stück Holz zum Wärmen des Wassers aus dem Wald nach Hause geschleppt werden. Erinnerungen an Asien tauchten vor meinen Augen auf: Junge Burschen in Indien, die nichts besaßen als ihren schönen Körper und ein abgetragenes, weißes Tuch, um diesen notdürftig zu bedecken. Wie weit waren wir gekommen hier im Westen, in weniger als hundert Jahren! Und was würde in nochmals hundert Jahren sein? Wird Indien reich sein, voller Autos und klimatisierten Häusern? Und werden hier die Kinder wieder mit Rotznasen herumlaufen, weil sie zu arm für Taschentücher sind? Meine Mutter erzählte mir: Als sie zur Schule ging, gab es noch wirklich arme Kinder. Sie lebten in Bauernhäusern, in denen die Fußböden aus gestampfter Erde bestand. Sie arbeiteten hart wie Erwachsene und waren nicht sehr sauber. Eines Morgens rief der Lehrer einen dieser Bauernbuben nach vorne zur Tafel. "Zeig Deine Hände", sagte er streng. Der Junge sank in sich zusammen und streckte die Hände zögernd aus. "Die sind kohlschwarz!" rief der Lehrer böse, "wann hast Du sie zum letzten Mal gewaschen?" Der Junge schwieg still, während der Lehrer seine Frage wiederholte. Und meine Mutter beobachtete traurig und fasziniert, wie sich eine Träne aus dem Auge des Kindes löste, langsam hinunterlief und einen schneeweißen Streifen auf seine Wange zeichnete. Mir wurde es eben auch ganz traurig zumute, als mich die Galeristin, die mich kennt, aus meinen Gedanken riss:

"Ariane", sagte sie, "möchten Sie Frau X kennenlernen, der diese Fotosammlung gehört? Sie ist zufällig gerade hier und würde sich freuen, Sie zu treffen."

Ich sagte ja, noch bevor ich Zeit hatte, mir zu überlegen, ob ich das wirklich wollte. Und schon war die Dame da.

Sie war eine schöne, alte Frau mit ordentlich onduliertem Haar, das sie nach alter Mode leicht gebläut trug. Ihr Teint war noch frisch und ihre Augen strahlten jugendlich, obwohl sie an einem eleganten, schwarzen Stock ging.

"Wie schön, Sie zu treffen", sagte sie, "ich wollte Sie schon lange kennenlernen. Ich habe Ihre Bücher gelesen." Ich dankte ihr für ihre freundlichen Worte und hielt mich im weiteren bedeckt. "Können wir nicht nach hinten gehen und eine Tasse Tee trinken", fragte sie mich nun. "Ich möchte etwas mit Ihnen besprechen."

Und wieder bejahte ich bereitwillig und ohne zu überlegen. Und setzte damit unbewusst etwas in Gang, das ich später nicht mehr aufhalten konnte.

2

Das Büro hinter der Galerie war geräumig aber vollgestellt mit allerlei Bildern und Kästen. Neben dem mit Papieren vollbepackten Schreibtisch gab es ein kleines Tischchen mit drei Sesseln und hier hatte die Galeristin bereits Teetassen bereit gestellt. Frau X kam sogleich zur Sache, noch bevor der Tee eingeschenkt war.

"Sie wissen wahrscheinlich, dass diese Fotosammlung von meinem Mann zusammengetragen wurde. Er war besessen von der Vergangenheit und sammelte alle alten Fotos, die ihm in die Finger kamen. Wir hatten selber ein Fotogeschäft, aber er übernahm auch immer wieder Läden, die schließen mussten, in der Hoffnung, auf interessante, alte Negative zu stoßen. Er war überzeugt, dass er damit eine Goldgrube äufnete, aber tatsächlich brachte das zu seinen Lebzeiten null und nichts ein. Heute hat sich das ja nun geändert." Ein zufriedenes Lächeln brachte ihr sympathisches Gesicht noch deutlicher zum Strahlen. "Aber darum geht es mir nicht. Ich will mit Ihnen nicht über die Vergangenheit reden."

Sie machte eine Pause. Ich nahm noch etwas mehr Milch in den Tee und rührte, während ich wartete. Die Galeristin sah ernsthaft und konzentriert vor sich hin und war mit ihren Gedanken irgendwo ganz anders. Eine Amsel hüpfte auf dem kahlen Baum im Hinterhof herum. Es war schon fast dunkel draußen. Im Büro brannte Licht, es war einer jener Novembertage, in denen man auch am frühen Nachmittag nicht ohne Beleuchtung auskommt.

"Ich weiß aus Ihren Büchern, das Sie Verständnis für seltsame Dinge haben", fuhr Frau X nun weiter. "Ich habe im Nachlass meines Mannes Papiere gefunden, die mir mehr als seltsam vorkommen. Ich habe das Gefühl, Sie sollten sie einmal lesen."

Die Galeristin blickte nun wach und interessiert direkt auf uns, während ich fragte: "Um was geht es denn?" Doch als die Antwort kam, drehte sie ihre Augen augenblicklich zum Fenster und schaute betreten drein.

"Um UFOs." Sagte die alte Dame schlicht. Ich möchte mein Gesicht in diesem Moment nicht gesehen haben.

*

Geschichten von seltsamen Luftschiffen werden berichtet, seit es Geschichte gibt. Viele Urvölker berichten von Göttern, die vom Himmel herabgekommen sind. Mittelalterliche Flugblätter zeigen zigarrenförmige Zeppeline und Feuerräder. Alttestamentarische Propheten beschrieben feurige Apparate und engelsgleiche Wesen, die sie in den Himmel entführten. Prähistorische Abbildungen und Skulpturen zeigen menschenähnliche Wesen mit Helmen und Schlitzaugen. Meistens sind es reine Lichterscheinungen am Himmel, die für Aufsehen sorgen, und in 95 % der Fälle findet sich eine vernünftige und natürliche Erklärung für ihr Auftreten. Vielleicht fliegt gerade ein Wetterballon vorbei oder eine Wildente reflektiert das Sonnenlicht auf ungewöhnliche Weise. Oder einer der Planeten steht so tief, dass er einen unnatürlich großen Eindruck macht. Immer wieder berichten Zeugen aber von Flugmaschinen unbekannter Art. Zwischen 1989 und 1992 gab es in Belgien verschiedene solcher Sichtungen. Allein in der Nacht vom 30. Auf den 31. März 1990 meldeten sich 13500 Personen, die ein dreieckiges Flugobjekt beobachtet hatten. Dieses wurde vom Radar erfasst und auch fotografiert, unter anderem aus einem Jagdflieger der belgischen Luftwaffe, die das Objekt über eine Stunde lang verfolgen konnte.

Was soll man dazu sagen? Sind diese Leute alle verrückt oder haben sie etwas Reales, etwas Existierendes, gesehen?

Darüber tobt ein Streit in den Medien, seit 1947 ein bewährter Berufspilot merkwürdige Flugobjekte beobachtete, die sich wie Flugzeuge bewegten, aber schneller als Raketen flogen. Er erzählte, sie hätten die Form von Absätzen an Männerschuhen gehabt und seien in der Luft geglitten, wie Untertassen, die man über eine Wasseroberfläche hüpfen lässt. Wobei sich die Frage stellt, wie Kenneth Arnold, so der Name des Piloten, zu diesem Vergleich kam. Hatte er im Flegelalter seiner Mutter kleine Tellerchen gestohlen um sie in einem naheliegenden Teich mutwillig zu versenken? Und ist einem solchen Menschen zu trauen?

Wie dem auch sei. Die Aussagen von Beobachtern auf allen Kontinenten mehrten sich und es waren offensichtlich nicht alles publizitätsgeile Hysteriker. Viele der Zeugen waren bedächtige Leute, denen sich eine gewisse Glaubwürdigkeit nicht absprechen ließ. Wissenschaftler waren darunter, Polizisten, Farmer, sogar Jimmy Carter, Ex-Präsident der USA. Besonders interessant und überzeugend waren aber die Berichte von Piloten. Viele von ihnen hatten schon im zweiten Weltkrieg immer wieder von Lichtern berichtet, die ihre Kampfflugzeuge begleiteten und diese oft wild umkreisten. Die Alliierten hielten sie für eine deutsche Geheimwaffe und die Deutschen für die alliierte Abwehr!

1951 erhielten die seltsamen Phänomene von David Jacobs den Namen UFO, für "unidentifizierte Flug-Objekte" und er definierte sie als das, "was auch nach gründlicher, wissenschaftlicher Untersuchung anomal bleibt."

Doch wie gründlich waren die Untersuchungen? Wie immer, wenn es um seltsame Dinge geht, wussten es diejenigen, die nicht dabei waren, besser als die anwesenden Zeugen. Viele Beobachter waren auch leicht zu disqualifizieren, denn wie bei anderen außergewöhnlichen Phänomenen tauchten auch im Zusammenhang mit UFOs augenblicklich Mengen von Wichtigtuern und Fälschern auf. Und noch schlimmer: Missionarische Heilsverkünder, die Ufos zum Anlass für religiöses Sektierertum nahmen.

So fiel es mir schwer, mir eine Meinung zu bilden, als ich anfing, mich in die UFO-Literatur einzulesen. Ein Bericht, der zunächst glaubwürdig schien, wurde in einer anderen Publikation als Fälschung entlarvt. Eine dritte Veröffentlichung aber wies nach, dass der Entlarver seinerseits ein Fälscher ist! Das Thema UFO löst offensichtlich viel Eifer aus und die Skeptiker, die beweisen wollen, dass nicht sein kann was nicht sein darf, scheinen mir eben so blind wie die Gläubigen, die bereits genau den Fahrplan für die Evakuation unseres Planeten durch ihre außerplanetarischen Freunde zu kennen behaupten.

Der Kampf zwischen den beiden Fraktionen tobt nun seit etlichen Jahrzehnten. Die amerikanische Luftwaffe setzte verschiedene Untersuchungskommissionen ein, die in alter Manier die Position der Alleswisser einnahmen, hoffentlich um das Volk zu beruhigen und nicht einfach nur aus patriarchalischem Reflex! Am Anfang rissen sie alle Information an sich, erklärten sie zur Geheimsache und unterstellen sie den Gesetzen der Spionageabwehr. Danach behaupteten sie, es sei an der ganzen Sache nichts dran, obwohl ihre Untersuchungsorgane zum Teil zu gegenteiligen Meinungen gekommen waren. Mit Desinformation und Propaganda lösten sie eine Welle von Spekulationen und Verdächtigungen aus, die sich wohl erst legen wird, wenn in ein paar der größten Städte der Welt offiziell UFOs gelandet sind und eine transplanetarische Diplomatie ihre Arbeit aufnimmt. Doch Spaß beiseite: Warum soll ich mich darüber wundern, dass es unmöglich ist, dieses seltsame Phänomen in den Griff zu kriegen, wenn es nicht einmal möglich ist, den Mord an J.F. Kennedy zweifelsfrei aufzuklären?

*

"Wie ich Ihnen sagte: Mein Mann war ein Sammler-Typ." Die alte Dame sagte es milde und voller Verständnis. "Und so fand ich in seinem Nachlass auch jede Menge von Zeitungsausschnitten und anderen Papieren. Am seltsamsten aber war ein Dossier mit einem Erlebnisbericht."

Frau X nahm ihre Teetasse, rührte noch einmal sorgfältig um und trank dann in langsamen Schlucken. Es war still im Büro. Ich schaute nur einfach vor mich hin und war mir nicht schlüssig, was ich dazu sagen sollte. Die Atmosphäre wurde bedrückend. Die Pause dauerte an. Die Galeristin und ich saßen wie in Hypnose, während die alte Dame unbekümmert ihren Tee schlürfte. Sie schien von der seltsamen Stimmung nichts zu merken. Dann läutete zum Glück das Telefon. Die Galeristin schreckte auf. Ich auch. Ich sah auf die Uhr.

"Nun muss ich aber schnell weg", brummelte ich, während meine Bekannte die Masse für einen Rahmen in den Hörer fauchte. Offensichtlich war da etwas schief gelaufen. Ich stand auf.

Frau X stellte ihre Tasse ruhig und würdig auf den Tisch und sah mich mit großen, fast spöttischen Augen an.

"Ich werde Ihnen den Bericht schicken", sagte

sie freundlich und so bestimmt, dass ich es nicht über mich brachte, zu widersprechen.

Und tatsächlich, zwei Tage später war ein dicker Umschlag in meiner Post. Ein immerhin sauber getipptes Manuskript kam zum Vorschein. Der Begleitbrief war kurz und nichtssagend. Frau X schrieb, ich solle einen Blick in die Seiten werfen und Kontakt mir ihr aufnehmen, falls mich die Geschichte interessieren würde.

Ich war mir sicher, dass dies nicht der Fall sein könnte, aber dann kam ein Abend, an dem ich nichts zu tun hatte. Und so nahm ich das Manuskript zur Hand

Es waren die Notizen eines jungen Mannes, und am Anfang wirkte eigentlich alles vollständig harmlos. Er beschrieb seine Wohnung, die er eben bezogen hatte und ein typisches, halbverbummeltes Studentenleben zwischen Dissertation (über den amerikanischen Unabhängigkeitkrieg), Kneipe und Nachtarbeit auf einer 24-Stunden-Tankstelle. Was ihn mir auf Anhieb sympathisch machte, war seine glühende Verehrung für Petrarca. Er zitierte immer wieder seine Schriften und Sonette und seine Faszination für Laura war es denn auch, welche die Geschichte ins Rollen brachte.

3

Francesco Petrarca, ein Mann auf der Schwelle, ein Symbol der Wendezeit. Hinter ihm lag das Mittelalter, eine Zeit, in der Menschen in Hütten und Erdlöchern hausten und göttlich schöne Kathedralen bauten. Eine Zeit, in der sie in Lumpen gingen und den Madonnen goldene Roben stickten. Eine Zeit, in der Gott alles war und der Mensch nichts. Von adligen Eltern geboren, war man adlig, von Schuhmachern geboren, wurde man Schuhmacher. Nur der Glaube herrschte und finsterer Aberglaube. Die Kirche hatte die Macht und behauptete, im Besitz der Wahrheit zu sein. Was nicht in ihr Weltbild passte, war Ketzerei. Und Ketzer wurden ausgerottet. Die andern blieben folgsam und gläubig.

Doch die Macht der Kirche war nicht unendlich. Der Kaiser und andere weltliche Herrscher wollten auch ihren Anteil am Kuchen. Und so herrschte 1304, als Francesco Petrarca geboren wurde, Intrige, Gerangel und Krieg, und das vor allem in Italien, wo Fürst gegen Fürst, Stadt gegen Stadt, Familie gegen Familie kämpften.

Petrarca fand seine Nische in diesem Kampfgetümmel. Er wurde unsterblich und berühmt durch seine Liebe zu Laura. Er beschreibt ihre Schönheit in Gedichten, wie sie die Welt vor ihm nicht gekannt hat, in einem Italienisch, das wie Musik in den Ohren klingt. Er besingt seine Liebe und beweint seine Trauer. Und ganz Italien und Frankreich jubelten und weinten mit ihm. Denn Laura, die Geliebte, Besungene, war eine geheimnisvolle, unerreichbare Dame. Er traf sie am Karfreitag 1327 in der Kirche und die Liebe traf ihn wie ein Blitz. Er suchte ihre Nähe und beobachtete sie aus der Ferne. Er besang die Wege über die sie ging, die Büsche, in deren Schatten sie saß, die Blüten, die sich öffneten, wenn sie vorbei ging. Und sie, die Spröde, schlug züchtig die Augen nieder, errötete oder erblasste und schenkte ihm nie mehr als ein Lächeln, wenn sie aufeinander trafen.

"Oh Wunder, Wunder, wunderbar zu schauen!
Dein Lächeln, Laura, Deiner Stimme Klang,
ist Sonne mir, ist himmlischer Gesang...."

Petrarca liebte und liebte und litt und litt. Und er zeigte es und zeigte seine Seele, wie es vor ihm noch keiner gewagt hatte.

"Wohin verlor ich mich? – Ein lodernd Feuer
brennt mir im Busen, dörret meinen Geist,
bis Not und Schmerz die Seele mir zerreißt..."

So beklagte er sich, wenn sie ihn einmal nicht beachtete. Dann wieder fasste er Hoffnung, fühlte sich, trotz ihrer Zurückhaltung, geliebt. Einundzwanzig Jahre vergingen, dann starb Laura – die schwarze Pest hatte sie geholt, wie Hunderttausende oder Millionen in Europa. Und nun verherrlichte Petrarca sie noch mehr und machte sie zum Engel, zur Jenseitigen, die ihm Brücke zum Himmelslicht, zur Entsagung und zur Erlösung wurde.
Vor ihm besangen Troubadoure die Liebe, Dante verherrlichte seine Beatrice, aber Petrarca übertraf sie alle, weil spürbar war, dass hier ein Mensch, ein Individuum betroffen war. Damit wurde er zum Vorgänger einer Bewegung, die den Menschen und seine Gefühle und Bedürfnisse ins Zentrum stellte, und die über den

Humanismus, die Aufklärung und die Revolutionen bis heute wirksam ist. Denn wenn auch die geistliche Macht ihren Einfluss durch Reformation und Gegenreformation zu bewahren versuchte, wenn auch Monarchen bis noch in dieses Jahrhundert hinein behaupteten, von Gott zum Herrschen bestimmt zu sein, so haben doch die Menschen nie aufgehört, ihr Recht auf freie Gedanken, Gefühle und persönliches Glück einzufordern. Und wenn es auch heute keine Päpste und Monarchen mehr sind, die uns zwingen und beherrschen können, so gibt es noch genügend Systeme, Ideologien und Sachzwänge, die uns versklaven. Und der Kampf um die Beherrschung der Seelen geht weiter. Noch gibt es Gruppierungen, die behaupten, im Besitz der Wahrheit zu sein und die uns mit mehr oder weniger Gewalt zu ihrer Sicht der Dinge zwingen wollen: Fundamentalisten, Nationalisten, Rationalisten. "Das Mittelalter ist nicht nur eine Epoche, sondern auch ein Zustand", sagte der Geschichtsschreiber Will Durant. Und dieser Zustand wird erst zu Ende gehen, wenn jeder Mensch fähig ist, seine eigene Wahrheit in sich zu entdecken. Das wäre dann tatsächlich New Age.

Solche Gedanken machte sich allerdings der Verfasser des Manuskriptes nicht. Für ihn war Petrarca nicht als historische Figur, sondern als Liebender interessant. Stellvertretend für sich ließ er ihn lieben und seufzen, denn offenbar war das Beziehungsleben dieses Studenten, er heißt übrigens Hanjo, nicht besonders entwickelt. Obwohl er nicht mehr ganz jung war, schien er einsam zu leben. Und so war es denn nicht verwunderlich, dass er sich in Phantasien zu verlieren begann, als er feststellte, dass unter ihm eine Laura wohnte. Laura Müller klang zwar für normale Ohren nicht besonders romantisch, aber Hanjo machte sich mit diesem Namen auf Gedankenflüge und weckte so die ganze Sehnsucht seines jungen, unerfüllten Körpers. Er versuchte sich vorzustellen, wie sie aussah, er sah sie durch sonnenbeschienene Wäldchen schreiten, nein, was sage ich – schweben! Er fühlte sich huldvoll angelächelt und schmolz. Statt brav an seiner Dissertation zu schreiben, beschäftigte er sich mit der Bewohnerin, die er unter seinen Füssen wusste. Sie fesselte seine Gedanken und lenkte ihn, fast gegen seinen Willen, ab. Doch lassen wir ihn selber zu Wort kommen:

"Laura also lebt unter mir und tagtäglich höre ich sie rumoren. Aber sichtbar ist sie nie. Und mich ins Treppenhaus stürzen, wenn ich höre, dass sie hinausgeht, das war sie mir bisher doch auch nicht wert. Wenn ich vom Schlafzimmer hinunter blicke, kann ich ihr kleines Gärtchen sehen. Es sieht ziemlich vernachlässigt aus, hat aber etwas Zauberhaftes, das meine Neugier auf die Besitzerin noch erhöht. In schönen, vom Alter grün- und grauschillernden Terrakotta-Töpfen hat sie ein Sammelsurium von exotischen Pflanzen und Unkraut, die aber nicht einfach zusammengewürfelt nach Zufallsprinzip wuchern, sondern sorgfältig nach Farben und Blattformen aufeinander abgestimmt sind. So bricht sie zum Beispiel das weißliche Grau eines Salbeis mit dem saftigen Grün von Sauerklee, lässt die steifen Blätter einer Pflanze, deren Namen ich nicht kenne, wie einen Speer dazwischen fahren und garniert das ganze mit den fleischigen, topflappengroßen Herzblättern einer Funkie. Und über den Topfrand wuchert ein winziges grünes Blattwerk, die Sternmiere, die andere als Unkraut ausrotten. Zwischen den Steinen des Bodenbelags wachsen Moospolster und kleine Pflänzchen. Offensichtlich jätet sie aber doch, denn das Unkraut wuchert nicht, sondern bildet grüne Adern in einer wohlgeordneten Kleinlandschaft.

Auf Blüten scheint sie keinen besonderen Wert zu legen, denn es gibt nichts von der plumpen Buntheit eines gewöhnlichen Sommergartens bei ihr. Keine Geranien, keine Petunien, keine Begonien. Die winzigen Blümlein der verschiedenen Kräuter gehen auf und zu, sind aber meistens in unauffälligen Blau- und Violetttönen und unterstreichen mehr den Eindruck von Grün, als dass sie Farbflecken bilden. Irgendwie ist das alles sehr schön, aber es liegt auch ein Schleier von Trauer und Hoffnungslosigkeit darüber, denn sie gießt eindeutig zu wenig und so sind ihre Pflanzen trotz der sorgfältigen Anordnung nicht strotzend, sondern leicht trocken und wie von einer Staubschicht bedeckt, immer am Rande des Absterbens um ihr Überleben kämpfend.

Ich habe mich schon oft dabei ertappt, dass ich lange, es mag durchaus eine halbe Stunde sein, am Fenster stehe und diesen kleinen Garten betrachte. Er löst Staunen in mir aus, aber auch etwas Wehmut. Ich verstehe nicht, wie man etwas so sorgfältig und so schlecht zugleich pflegen kann. Ich sehe, dass hier ein Gestaltungswille am Werk ist, der mir vollständig abgeht. Und gleichzeitig fühle ich, wie sehr das alles gefährdet ist."

4

Ein banges Ahnen im Busen, das passt zu einem romantischen Jüngling, vor allem, wenn er nicht mehr so ganz richtig jung ist. Hanjo schien nämlich, nach seinem eigenen Verständnis, schon ziemlich lange an der Universität herumzuhängen. Natürlich hatte er als Entschuldigung, dass er sein Leben verdienen musste. Aber auch die Geschichte mit Laura beweist, dass er sich gerne von seiner Arbeit ablenken lässt. Zuerst verlor er sich in schwärmerische Gedanken. Und dann, als er sie endlich kennenlernte, brauchte er wieder Zeit, um seinen Schock und seine Enttäuschung zu verarbeiten:

"Es ist kaum zu glauben, vorgestern kam sie. Es war halb zwölf und ich war gerade aus dem Bett gekrochen und rührte mir meinen Morgenkaffee an – ich nehme immer Instant-Kaffee, das geht schneller – als es läutete. Ich dachte zuerst, es sei wieder ein so langweiliger Hausierer oder einer der fürchterlichen Sektenprediger, und schlurfte entsprechend unwillig in meinen ausgelatschten Pantoffeln zur Tür um nachzusehen. Bei uns gibt es unten an der Haustüre nämlich keine Klingeln, so dass ich wusste, dass da jemand vor meiner Wohnung steht. Ich hatte ein Stück Brot in der Hand und auch den Mund ziemlich voll, als ich öffnete. Und da stand sie. Und ich konnte mich kaum fassen vor Verblüffung. Sie ist klein, höchstens Einssechzig, und stand in einem rosa-orange schillernden Etwas aus Chiffon vor mir, das aussah wie ein Kinderkleidchen. Es war ultrakurz und sie trug rosafarbene Radlerhosen dazu und orangefarbene Wildlederschuhe mit Riemchen um die Knöchel. Ihre weit aufgerissenen, blauen

Kulleraugen waren sorgfältig geschminkt und strahlten merkwürdig aus ihrem faltigen Gesicht heraus. Mir stockte vor Erstaunen der Atem, als sie sagte:

"Ich bin Laura Müller, Ihre Nachbarin." Dabei zeigte sie mir einem kleinen, spitzen Zeigefinger nach unten. "Darf ich Sie bitte etwas fragen?"

Selbstverständlich bat ich sie herein, obwohl meine Wohnung in einem fürchterlichen Zustand war. Aber das ist sie ja eigentlich immer. Ich trottete ihr voran in die Küche. Es zog mich wohl instinktiv zu meinem Kaffee zurück. Ich hatte einen Schock und musste Zeit gewinnen.

Ich bat sie, Platz zu nehmen und bot ihr etwas zu trinken an. "Möchten Sie auch einen Kaffee? Oder lieber sonst etwas? Sprudel ist da. Oder Wermut. Oder Bier. Oder Gin-Tonic."

Sie entschied sich ganz schnell für Gin-Tonic. Als ich ihr ein Glas davon gefüllt hatte, setzte ich mich an den Tisch, wobei ich schnell aus dem Fenster auf ihr Gärtchen sah und sagte: "Sie sind also meine Nachbarin". Ich biss wieder in mein Brot. Schließlich hatte ich Hunger und sie konnte aus meinem Benehmen und meinem Tonfall entnehmen, dass ich mich freute, sie kennen zu lernen.

Sie saß wie ein Kind auf dem Stuhl, ein bisschen zusammengesunken, die Füße hochgezogen. Meine Stühle haben nämlich Verstrebungen zwischen den Beinen, die das erlauben. So saß sie da und blickte mit runden, aufgerissenen Augen um sich, schnell wie ein Vogel, während sie an ihrem Glas zuerst nippte, dann in zwei, drei erstaunlich großen Zügen trank.

"Ja", sagte sie, und ihre Stimme war irgendwie blank, wie poliert, und ließ keine Rückschlüsse zu, "ja, und ich wollte Sie etwas fragen. Können sie mir ein Ei leihen?"

Ich vergaß zu kauen, so verblüffte mich diese Frage. Ich hatte irgend etwas Gewichtiges erwartet. Ich dachte, ich würde sie in der Nacht mit meinen Schritten stören oder die Musik, die ich beim Arbeiten höre, würde zu ihr hinunterdröhnen. Ich gebe nämlich zu, dass ich meine Lieblingsarien manchmal etwas sehr aufdrehe. Und nicht jeder mag Pavarotti. Aber nein, sie wollte ein Ei. Hatte ich überhaupt eines?

Ich legte mein Brot auf den Tisch. Heute sollte ich wohl definitiv nicht zum Frühstücken kommen! Ich ging zu meinem Eisschrank hinüber. Tatsächlich, da hatte es zwei Eier. Aber frisch waren die bestimmt nicht mehr.

"Ja, ich kann Ihnen dienen", sagte ich frohgemut, "aber ich weiß nicht, wie frisch die noch sind." Ich legte ein Ei vor sie hin. Es war braun und wippte auf dem Küchentisch unmerklich hin und her.

"Das spielt überhaupt keine Rolle", antwortete sie sehr bestimmt. "Ich werde es Ihnen zurückbringen, sobald ich das nächste Mal einkaufen gehe. Aber das kann eine Weile dauern." Sie schlug die Augen nieder wie ein schuldbewusstes Kind. Dann schnappte sie ihr Glas und nahm noch einmal einen tiefen Zug. Damit war es fast leer, obwohl es ein großes Glas war.

Ich bot ihr nicht mehr an. Ich war noch nicht richtig wach und wollte endlich in Ruhe frühstücken. Auch war ich erschüttert über das, was sich mir hier als Laura präsentierte. So hatte ich mir das nicht vorgestellt. Selber schuld, klar, aber trotzdem…

Als ich sie zur Türe brachte, wunderte ich mich über ihre Kleinheit. Sie ging mir wirklich nur bis zur Brust. Sie trippelte vor mir und ihr Körper war erstaunlich behände für ihr Alter. Vielleicht war sie eine ehemalige Tänzerin? Aber eigentlich wollte ich jetzt nichts als meine Ruhe und schloss resolut die Tür hinter ihr, drehte sogar den Schlüssel. Mit dieser Laura wollte ich lieber nichts zu tun haben. Dachte ich. Das änderte sich aber, als ich am nächsten Abend, ich machte mich gerade fertig für die Tankstelle, zwischen ihren Blumentöpfen ein großen Glas stehen sah, in dem im klarem Wasser ein Dotter schwamm. 'Sie muss verrückt sein', dachte ich mir. Doch als ich nach meiner Nachtschicht nach Hause kam, es dämmerte zwar bereits am Horizont, aber im Garten unten war es noch dunkel, da sah ich zwischen den Pflanzen phosphoreszierendes Grün glimmen und leuchten. Das Glas mit dem Dotter! Dieser pulsierte rhythmisch, in der Geschwindigkeit meines Herzschlags. Und dieser begann sich bei diesem Anblick zu beschleunigen. Und hol's der Kuckuck: Ich kriegte doch tatsächlich eine Hühnerhaut!"

5

An dieser Stelle nun wurde klar, warum mich Frau X mit diesem Manuskript beglückte. Der glimmende, schwimmende Dotter war eine ungewöhnliche Erscheinung. Von so etwas hatte ich tatsächlich noch nie gehört. Aber es war nicht einmal das, was meine Aufmerksamkeit erregte. Tatsächlich erging es mir plötzlich wie Hanjo: Etwas an dieser Frau faszinierte mich. Ich wollte mehr von ihr wissen. Und so las ich gespannt weiter.

"Im Laufe der folgenden Tage vergaß ich den grünglimmenden Dotter so langsam, ja, eigentlich war ich mir gar nicht mehr sicher, ob ich es überhaupt gesehen hatte. Jedenfalls redete ich mir das ein. Vielleicht war ich damals besonders müde gewesen und meine Augen hatten mir einen Streich gespielt, oder irgend ein Reflex war auf irgend etwas gefallen. Und ich dachte nicht darüber nach, warum meine Nachbarin dieses Ei überhaupt zwischen ihre Pflanzen gestellt hatte. Aber ich dachte zweifellos häufig über Laura Müller nach. Ich wartete darauf, dass sie mir das Ei zurückbringen würde, aber während zehn Tagen geschah überhaupt nichts. Und ich musste mir gestehen, dass mich das mehr beunruhigte, als dies einem Ei angemessen war. Irgend etwas an diesem kleinen, alten Trippelkind faszinierte mich und schrie nach mehr.

Darum ergriff ich die Initiative, als sich weiterhin nichts tat. Ich kaufte ihr Blumen! Natürlich benützte ich eine Ausrede, als ich bei ihr läutete.

"Gucken Sie sich das mal an", fiel ich ihr mit dem Strauß in die Tür, "diese Blumen gab's auf dem Markt zum Schleuderpreis und da konnte ich einfach nicht widerstehen und habe Ihnen auch grad einen Strauß gekauft."

Sie schaute mich mit ihren runden Kinderaugen entgeistert an. Sie hielt ihn vor ihr kleines Gesicht und atmete den Duft der Wicken ein, der bis zu mir drang. So standen wir eine Weile steif voreinander. Sie bat mich nicht hinein, wie ich mir das erhofft hatte. Dann blitzte plötzlich etwas in ihren Augen, etwas Lustiges, Mutwilliges, das mich auf irgend eine Weise ziemlich berührte, und sie sagte fröhlich: "Sie sind ein Schatz. Ganz herzlichen Dank." Und dann schenkte mir sie ein Lächeln, das für ihr zerknittertes Gesicht erstaunlich süß herauskam. Sie musste wirklich einmal sehr attraktiv gewesen sein! Und dann schloss sie schnell die Tür.

Aber schon am Nachmittag kam sie und brachte das Ei zurück. Und wieder akzeptierte sie einen Drink. Um es genauer zu sagen, sogar mehrere, so dass ich mir schon ein wenig Sorgen machte, wie viel Gin in diese kleine Person hineinpassen würde. Na, immerhin, sie musste ja nicht mit dem Auto nach Hause. Jedenfalls saßen wir ziemlich lange beisammen und brachten ein recht lustiges Gespräch zustande. Und sie hörte auf, wie ein kleines, zusammengezogenes Kind auf dem Stuhl zu sitzen, sondern breitete sich langsam behaglich aus. Natürlich blieb sie klein und dünn, aber anstatt dass sie an einen zerzausten, erschreckten Singvogel erinnerte, kam sie mir nun vor, wie ein lustiger Elf, dem das Alter übel mitgespielt hatte. Bei aller Zerfallenheit blitzte etwas um sie herum, das faszinierend war.

Offensichtlich mochte sie mich auch, denn unsere Nachmittagsgespräche entwickelten sich in sehr kurzer Zeit zu einer Art Ritual. Das erste Mal kam sie noch mit irgend einem Vorwand. Aber schon beim zweiten Mal stand sie mutig und grundlos unter meiner Tür und sagte selbstsicher wie ein freches Kind: "Wollen wir ein bisschen plaudern?" Und natürlich wollte ich. Und sicher nicht nur, weil sich im Amerika des 18. Jahrhunderts alles so zuzuspitzen begann, dass Krieg unvermeidbar wurde. Die Berichte über die Sklaventransporte jener Zeit waren so deprimierend, dass ein Geplauder mit Laura eine willkomme Abwechslung war.

Laura – nach dem dritten Mal waren wir per Du – war zweifellos eine lustige Person, die früher einmal Gott und die Welt gekannt haben musste. Jedenfalls erzählte sie Anekdoten über Leute, die ich, wenn überhaupt, nur aus den Illustrierten kannte. Und sie erzählte hervorragend. Offenbar hatte sie gut beobachtet und vor allem das in ihrer Erinnerung behalten, was ihr erlaubte, ihre Geschichten mit kleinen boshaften Details zu würzen, was mir ausgezeichnet gefiel. Ich kenne ja nicht viel von jenen Welten und freue mich, wenn ich in meinen Vorurteilen bestätigt werde. Jedenfalls verflossen manche Nachmittage und manche Flaschen in höchst angenehmer Weise. Konkret aber wurde Laura nie. Sie erzählte von ihren Begegnungen, aber nicht, wie diese zustande gekommen waren. Und ich vermied es, sie irgend etwas zu fragen. Sie jedoch wusste alles über mich. Aber da gab es ja auch nicht viel zu erzählen!

Gestern aber habe ich nun etwas über sie herausgefunden: Ich ging, eine seltene Ausnahme, am Abend vor der Arbeit in die Kneipe, wo meine Studentenverbindung jeweils tagt. Ich mache da ja schon lange nicht mehr mit, aber ich kam per Zufall gerade da vorbei. Jedenfalls saß da Egon, mit dem ich in den ersten drei Semestern viel zusammen gewesen war. Er ist schon lange ausstudiert und hat jetzt einen guten Job bei der Behörde. Er ist auch verheiratet und hat zwei Kinder, aber ich weiß nicht, ob ich ihn darum beneiden soll. Jedenfalls saß er da, in Jacke und Schlips und ich kam mir schon ziemlich proletarisch vor, setzte mich aber trotzdem zu ihm. Und da kamen wir so auf dies und jenes zu sprechen und auf meine Dissertation und auf meine Wohnung und da sagte er: "Habichtsgasse 15? Da wohnt doch die verrückte Müller." Und da spitzte ich natürlich meine Ohren.

"Du kennst sie?"

"Wer nicht?" Er hatte wirklich etwas Großsprecherisches an sich und ich mochte ihn in diesem Moment überhaupt nicht. Was war schon dabei, dass er sie kannte. Schließlich arbeitet er bei der Behörde und kennt wahrscheinlich jeden, denn schließlich ist unsere Stadt nicht gerade so groß wie Mexico City! Ich zögerte einen Moment, ihn weiter zu fragen, weil ich mein Interesse nicht verraten wollte, aber er war eh nicht mehr zu bremsen.

"Sie war einmal eine berühmte Tänzerin oder so ähnlich. Sie schwang sich auf einem Trapez herum und rezitierte avantgardistische Gedichte und hatte Affären mit der halben Regierung. Aber das ist natürlich lange her." Ich hasste ihn für sein wegwerfendes Lachen, mit dem er diese Bemerkung begleitete. Als ob ihn das Alter nicht ereilen würde! Wieder sagte ich nichts aber wieder konnte Egon nicht darauf verzichten, sein Wissen vor mir auf den Tisch zu klotzen.

"Und dann begann sie zu saufen." Er zuckte die Schultern. Klar, was das bedeutete: das Aus. "Und nun lebt sie da von der Fürsorge. Mein Gott, sie war wirklich berühmt und sie hatte Geld wie Heu." Dieser Satz machte ihn fast schwärmerisch: Egon schaute zur Decke und in seinem Blick lag zum ersten Mal Betroffenheit. Dann zuckte er die Schultern und bestellte noch ein Bier.

6

Nun kommt im Manuskript ein Zwischenstück. Hanjo verreiste. Eigentlich gehört das nicht direkt zur Geschichte, aber weil die Erzählung einiges über Hanjos Charakter aussagt und weil wir darin auch einiges über Frau X erfahren, will ich diesen Teil doch nicht auslassen. Ganz offensichtlich ist Tante Mathilde nämlich niemand anderer als die Besitzerin der Fotosammlung, auf deren Ausstellung mein Bericht ihren Anfang nahm!

"Wochenlang war ich weg gewesen. Ich habe eine Tante besucht, bei der hin und wieder Geld zu holen gewesen war. Sie war aber diesmal ziemlich ungnädig, ich glaube, ihre Gallensteine sind im Wachsen. Jedenfalls hat sie mir nach dem gewohnt feinen Essen – sie macht mir immer Knödel und sie macht sie in einer unnachahmlichen Art, sie sammelt immer die Brotresten dazu – also nach Sauerbraten mit Semmelknödel eröffnete mir Tante Mathilde, dass Onkel Alfred dringend sein Archiv aufräumen müsse und dass er mir einen anständigen Stundenlohn bezahlen wolle, falls ich bereit sei, ihm zu helfen. Onkel Alfred ist Fotograf, mit Laden. Er verkaufte Fotoapparate und Filme und schoss, wenigstens früher, auch ganz gute Porträts. Aber dann verpasste er irgendwie den Anschluss an das digitale Zeitalter. Und das sah man Onkel Alfreds Geschäft auch an. Es wirkte, wie aus einer anderen Zeit. "Als Vaters Bart noch rot war."

Es war eigentlich nicht einzusehen, was es in dieser verstaubten Herrlichkeit noch aufzuräumen gab. Und Onkel Alfred, der bleich und lethargisch hinter dem dunklen Ladenkorpus hing, in dem unter Glas ein paar einbalsamierte Kameras aufgebahrt waren, Onkel Alfred schien nicht der Typ zu sein, der seinen Dämmerschlaf für Ordnung aufzugeben bereit war. So hatte ich vielmehr den Verdacht, dass Tante Mathilde mich erziehen wollte. Sie hält mich für einen verkommenen Studenten, dieser Tatsache muss ich ins Auge schauen, und sie wollte mir wohl den Reiz von Lohnarbeit vorführen, mir demonstrieren, wie sich ein Mann fühlt, der sein Geld ordentlich verdient. Mir gefiel es nicht, aber sie rechnete natürlich mit der Verführungskraft des schnöden Mammons und damit konnte sie durchaus einen Sieg verbuchen.

Sie strahlte denn auch außerordentlich zufrieden und glänzte vor Freude und wurde nicht müde, die herrlichsten Sachen auf den Tisch zu bringen, denn, wie sie sagte: "Wer arbeitet, muss essen." Was wohl ein weiterer Teil ihres Erziehungsprogrammes war. Ich ließ ihr ihre Zufriedenheit, die ich aber leicht hätte schmälern können, wenn ich ihr erzählt hätte, wie prekär meine finanzielle Lage in Wirklichkeit war. Tatsächlich hatte ich keine Wahl, ich brauchte das Geld. Denn ich hatte blödsinnigerweise vor einem Jahr einen Kredit aufgenommen, in der Hoffnung, dass ich meine Dissertation ruck-zuck fertig schreiben würde, wenn ich kein Geld verdienen müsse. Aber dieser Plan erwies sich als Fehlschlag. Vielleicht lag es auch am amerikanischen Unabhängigkeitskrieg, der sich nämlich als viel komplexer herausstellte, als ich je gedacht hätte, so dass ich mir immer wieder die Frage stellte, ob ich nicht doch das Thema über den punischen Krieg hätte wählen sollen, das mir der Professor, lang ist's her, als Alternative vorgeschlagen hatte.

Das also war die Situation: Eine Dissertation, die sich nicht von selber schrieb, ein Job bei der Tankstelle, der mir gerade das zum Überleben Notwendige einbrachte, und Schulden, die ich zurückzahlen musste (ich habe mit der Bank eine günstige Ratenzahlung ausgehandelt, die aber selbstverständlich die ganze Sache noch enorm verteuerte. Mit dem ganz stattlichen Lohn von Onkel Alfred und wenn ich meine Wohnung während meiner Abwesenheit untervermietete (ich wusste jemand, der immer froh war, ein Ausweichquartier zu haben und der – wichtiges Faktum – liquide war), so würde ich die nächste Rate der Bank bezahlen können, nein, seien wir ehrlich, es würde gut für zwei oder sogar drei Raten reichen, aber man muss diesen Banken ja auch nicht den letzten Pfennig vorzeitig ins Maul schieben! Das jedenfalls ist meine ernste Meinung. Ich werde sicher keine müde Mark zu früh an diese Räuber zurückbezahlen. Also.

Der Job bei Onkel Alfred erwies sich als mühsamer als erwartet. Es galt, Tausende von Fotos durchzusehen und zu entscheiden, was davon noch brauchbar war und was nicht. Als brauchbar waren definiert: Landschaftsaufnahmen, Städte, Tätigkeiten, kurz alles, was eventuell historischen Wert haben könnte. Das war nämlich Onkel Alberts Einfall, um zu Geld zu kommen: Er wollte eine Sammlung von Vergangenheitsbildern zusammenstellen und diese möglichst teuer an ein

Museum oder einen Sammler verkaufen. Eine erstaunliche Idee für einen so schläfrigen Mann!

Er gab mir seine Anweisungen, als ob es ihm leid täte, die Stille des Ladens und seinen Dämmerschlaf zu unterbrechen. Aber wenn es darum ging, zu kontrollieren, wie weit ich gekommen war, erwies sich Onkel Alfred als verblüffend wach. So hielt mich dieser schmächtige Mann doch tatsächlich auf Trab. Dabei hätte es unter den Bildern erstaunlich viel zu sehen gegeben: Schon nur die verschiedenen Fahrzeuge wären eine Dissertation wert gewesen. Es begann mit Pferdewagen und endete mit den herrlichsten Oldtimer-Autos, die sich ein Mensch vorstellen kann. Ich kam wirklich ins Träumen. Aber dies schien Onkel Alfred offenbar jedes Mal aufzuwecken: Er trat unvermittelt hinter mich und fragte, ob ich zurechtkomme oder wie viel ich heute schon geschafft hätte, immer ganz freundlich und hilfreich, aber ein wenig stresste es mich doch und ich fühlte mich ein bisschen verfolgt. Aber so geht es der arbeitenden Klasse nun halt einmal, es sei denn, es sei gerade Hochkonjunktur und das ist es ja im Moment wohl für niemanden.

Jedenfalls waren das keine einfachen Wochen. Und ich nahm ein paar Kilo zu. Immerhin hatte ich am Schluss einen schönen Batzen Geld. Und ich fand auch, dass ich nach diesem Einsatz etwas verdient hätte. Und so leistete ich mir noch eine kleine Reise an den Gardasee. Geplant war eine gute Ferienwoche, aber dann überredete mich dieser verrückte Typ von Antonio, den ich im Hafen von Cargnano angetroffen hatte, mit ihm nach Rom zu fahren. Und da ich schon Mal so weit im Süden war, ging ich dann gleich noch bis Paestum weiter. Das war ich sozusagen meiner klassischen Bildung schuldig.

Aber der Professor seufzte schon einigermaßen, als ich nach so langer Zeit wieder bei ihm auftauchte. Er runzelte die Stirn und sagte: "Sie wissen, dass ich Ihnen nur ausnahmsweise entgegengekommen bin was die Abgabe Ihrer Doktorarbeit betrifft. Wenn es so weiter geht, werde ich Ihnen einen Termin setzen müssen, damit Sie endlich abschließen." Und ich tat so, als ob ich mich schuldig fühlte. Ich behauptete, ich hätte viel gelesen unterwegs, was durchaus stimmte. Aber es war nicht gerade viel über das Boston im Jahre 1773 gewesen.

So war also ziemlich viel Zeit vergangen, bis ich Laura wiedersah.

Ich erkannte sie zuerst nicht, als sie unter meiner Türe stand, das heißt, ich wusste natürlich sofort, dass sie es war, aber sie wirkte merkwürdig verändert. Sie war eine alte Frau gewesen, als ich sie zum letzten Mal gesehen hatte, die Haut teigig vom Trinken und schuppig vom Rauchen. Und nun stand sie vor mir: Eine Frau in den besten Jahren, mit einem Hauch von rosigem Schimmer über dem Gesicht und einem ansteckenden Strahlen um die Augen. Ich zog sie herein und machte Kaffee. Sie begann augenblicklich von meinem Untermieter zu erzählen und von den verschiedenen Frauen, die dieser angeschleppt hatte. Und von der Szene, die es abgesetzt hatte, als einmal zwei der Geliebten aufeinandergestoßen waren. Ihre runden, blauen Augen funkelten und warfen boshafte Blitze und ich war sehr angetan von ihr.

"Laura, Du siehst ja umwerfend aus!"

Sie trug eine bunt gemusterte Bluse mit türkisfarbenen Blitzen und so etwas wie ein türkisblauer Blitz traf mich nun auch aus ihren Augen. Sie blieb eine Weile ganz ruhig und still und schaute mich an, mit einem Ausdruck, den ich nicht zu deuten wagte. Mir wurde fast beklommen zumute. Doch dann lächelte sie plötzlich wieder, und zwar fast übermütig.

Strahlend kicherte sie: "Ich bin schwer verliebt, schwer!"

Mir verschlug die Überraschung fast den Atem. Obwohl ich Laura in der Vergangenheit sehr gern gewonnen hatte, wollte ich mir doch nicht vorstellen, dass eine Frau wie sie für einen Mann interessant sein könnte. Ich freute mich aber doch auch sehr über ihr Glück und mochte es ihr von Herzen gönnen. Obwohl, wenn ich ganz ehrlich sein will, spürte ich auch einen Hauch von Neid, dass sie etwas erlebte, was sie so zum Strahlen brachte.

"Das ist ja herrlich, Laura, erzähl, wer ist der Glückliche!"

Wieder traf mich ein Blick, der mich ins Stocken brachte. Laura rührte im Kaffee und hielt die Augen gesenkt, offensichtlich ganz vertieft in den Wirbel, den sie in ihrer Tasse verursachte. Schließlich meinte sie mit dünner Stimme.

"Wir sollten nicht darüber reden."

Und später dachte ich oft, es wäre mir lieber gewesen, wenn wir uns daran gehalten hätten. Vorläufig aber umschifften wir die Klippe und fanden zu unserer harmlosen Unterhaltung zurück. Wir lachten viel und ich erzählte ihr von Onkel Alfred und von Tante Mathilde, deren Knödel so viel besser gerieten als ihre Erziehungsversuche.

In den folgenden Wochen bemühte ich mich, bei meinem Professor wieder etwas Terrain gut zu machen, indem ich mich so oft wie möglich in der Seminarbibliothek herumtrieb. Er konnte ja nicht sehen, dass ich über den punischen Krieg las, jedenfalls nicht, wenn ich genügend andere Bücher um mich herum aufschichtete. Dann nahm ich auch wieder meine Arbeit bei der Tankstelle auf und das war auch dringend nötig, denn ich hatte in Italien etwas mehr Geld verbraucht, als es meiner Bank genehm sein konnte. Über Laura machte ich mir kaum Gedanken, sondern nahm einfach an, dass ein Mann aus ihrer Vergangenheit, selber wahrscheinlich ein wackeliger Greis, zu ihr zurückgefunden hatte, und dass sie nicht über ihn reden wollte, weil er einmal prominent gewesen war. Sie kam auch nicht wieder und ich vergaß sie und die Geschichte fast ganz, bis sie eines Tages wieder vor meiner Tür stand, grau im Gesicht, diesmal, schlimmer und älter aussehend, als ich sie je gesehen hatte.

"Laura", rief ich, "wie siehst Du auch aus, ist etwas?"

Wieder traf mich ein Blitz aus ihren Augen, dessen Kraft erstaunlich war, wenn man ihn mit ihrem heruntergekommenen Aussehen verglich.

"Es ist nichts", sagte sie mit einer ebenso erstaunlich festen Stimme, "als dass ich wieder einmal ein Ei brauche, weil ich nicht eingekauft habe.

"Ja, wenn es nur das ist", sagte ich leichthin und wandte mich zum Eisschrank. Und hier nun muss ich eine Zwischenbemerkung einflechten: Manche Leute halten mich für schlampig oder geradezu versoffen, weil sie mich mehr an dem messen, was herauskommt als an dem, was im Kopf ist. Ich gebe es ja auch zu, dass ich nicht zu den Schnellen und Schneidigen gehöre, die heutzutage so gefragt sind: jung, dynamisch, sportlich. Zwar bin ich erst sechsunddreißig, aber mir ging das Nachdenken noch immer über das Handeln. Und bisher bin ich damit, jedenfalls nach meiner Meinung, nicht schlecht gefahren. In diesem Fall nun, in akutem Schockzustand von Lauras Aussehen, half mir meine Langsamkeit, mir nichts anmerken zu lassen. Oder vielleicht hatte ich selbst noch gar nicht richtig realisiert, wie schlimm sie wirklich aussah: die Haltung leicht gebeugt, das Gesicht kreidig, das Haar schütter und so etwas wie eine Aura aus weißem Mehl oder Staub um sie herum.

Ich riss an der Kühlschranktür. Gott sei Dank, es gab

noch drei Eier. Als ich mich mit einem davon umdrehte, blickte sie mich an wie ein wildes, gieriges Tier, das gerade zum Sprung ansetzen will. Ich zuckte wider Willen zusammen und das brachte sie zur Besinnung.

"Entschuldigung", murmelte sie und schlug die Augen nieder wie eine züchtige Jungfrau. Vielleicht errötete sie sogar. Aber etwas zwischen uns war zerbrochen. Sie hatte mir Angst gemacht."

7

"Er hat mir gesagt, dass ich Dir alles erzählen soll."

Laura saß am Küchentisch und rührte wieder in ihrer Tasse. Und sie sah wiederum erstaunlich jung und rosig aus. Sie trug eine nilgrüne Bluse mit einem spitzen Ausschnitt, der ihren Hals lang wirken ließ, so dass ihr rundes, kleines Gesicht wirkte wie eine Blume auf einem überlangen Stängel. Vielleicht kam das Blumige aber auch daher, dass sie sich schuldig fühlte und versuchte, alles wieder gut zu machen, wie ein Kind, das ganz besonders brav sein will.

Als sie diesmal vor meiner Tür stand, war ich ziemlich überrascht gewesen und musste gleich dringend nach der Schnapsflasche greifen, in der zum Glück noch ein paar Zentiliter vorhanden waren. Auch Laura hatte einen Schluck zum Kaffee dankbar akzeptiert. Nun saß sie also da, hielt wieder ihre Füßchen auf der Querstange des Stuhles, es waren schwarze Ballerinas mit Mäschchen, wie sie kleine Chinesenmädchen tragen, und hielt den Kopf schräg und sah mich an wie ein kleiner Vogel.

"Wer ist er?"

Meine Frage mochte etwas grob sein, ich gebe es zu, aber diese Frau hörte nicht auf, mich zu verwirren und allmählich nahm ich es ihr übel.

"Namen tun nichts zur Sache." Sie sprach leise und etwas kleinlaut und blickte mich mit bittenden Augen an. Was zum Teufel wollte sie eigentlich? Ich konnte mir keinen Reim auf sie machen. Eine merkwürdige Stille hing im Raum und ich ließ sie hängen. Denn schließlich: Was ging mich das alles an? Auch Laura ließ Zeit verstreichen. Schließlich seufzte sie aber laut und sagte:

"Ich fang am besten ganz von vorne an." Aber es ging dann tatsächlich nochmals eine ganze Weile, bis sie tatsächlich anfing.

Es war im Spätherbst des letzten Jahres gewesen. Zu jener Zeit schlief Laura schlecht. Und so war sie noch wach gewesen und hatte eben einen Cognac getrunken – so wie ich sie kannte, war es sicher nicht nur ein einziger gewesen – als sie ein merkwürdiges Geräusch hörte. Es war ein hohes Sirren und sie dachte, es sei in ihrem rechten Ohr und sie machte sich Sorgen, ob irgend etwas mit ihrem Kreislauf nicht stimmte. Sie versuchte, den Mund aufzureißen und zu gähnen um das Geräusch im Ohr loszuwerden, aber dieses verstärkte sich eher noch. Dann sah sie plötzlich, wie ein Licht an ihrem Fenster vorbeizog.

Laura hatte Lamellenstoren vor ihren Fenstern und diese waren geschlossen, also sah sie eigentlich nicht das Licht, sondern nur die Schatten der Lamellen, die sich irgendwie merkwürdig durch das Zimmer bewegten. Warum sie das so merkwürdig fand, ist mir unerklärlich, aber jedenfalls war es für sie so ungewöhnlich, dass sie aufstand und sich ans Fenster bemühte.

"Und was ich da sah, veränderte mein Leben." Laura flüsterte es mit niedergeschlagenen Augen, wie eine Jungfrau, die gestehen muss, dass sie keine mehr ist.

"Vor mir schwebte eine fliegende Untertasse."

Ich ließ meinen Kaffeelöffel auf meine hundsgewöhnliche Untertasse fallen, so sehr erschreckte mich dieses Geständnis. Es gab ein hässliches Geräusch und wieder blickte mich Laura schuldbewusst an.

"Ich kann nichts dafür, ich sah ein Ufo."

Sie verstummte, als ob ihr diese Tatsache selbst zutiefst zu Herzen ginge, so dass ich mich bemüßigt fühlte, ihr zu Hilfe zu eilen:

"Wie sah denn diesen Ding aus?" fragte ich. Und wusste nicht, ob ich mich oder sie für verrückter halten sollte.

"Rund", antwortete Laura, "wie Ufos eben so aussehen, rund und metallisch. Und es strömte ein merkwürdiges Licht aus."

Nach längerem Nachfragen bekam ich aus Laura heraus, dass es sich um ein Objekt in der Größe eines Lastwagens handelte, das aber sehr leicht und elegant geformt war, linsenförmig mit einer Kuppel, die etwas dunkler war als der hellmetallische Rumpf der Scheibe. An der Peripherie des Kreises gab es ein Lichtband, das in wechselnder Intensität leuchtete, wobei so etwas wie ein Farbwechsel entstand, wobei Laura aber nichts sagen konnte, um welche Farben es sich handelte. Es schienen Farben und Nichtfarben gleichzeitig zu sein.

Das Ufo schwebte vor ihrem Fenster und beleuchtete ihren Garten, und das mit einem hellen, bläulichweißen Licht, das aber von keiner erkennbaren Lichtquelle ausging. Sie konnte deutlich ihren Myrthenbaum und den Rosmarin erkennen und erinnerte sich, dass sie fürchtete, die Pflanzen könnten Schaden nehmen.

Sie war wie gebannt am Fenster stehen geblieben und guckte lediglich durch einen schmalen Schlitz zwischen den Lamellen. So fühlte sie sich einigermaßen geschützt, aber sie wäre auch nicht in der Lage gewesen, sich wegzubewegen, falls sie Angst gehabt hätte, vermutete sie. Während sie so dastand, verwandelte sich das Sirren in ihrem Ohr. Es schwoll an und ab und tönte, wie ein klagendes Lied, das aber auch durch irgend einen technischen Vorgang hätte hervorgerufen sein können. Sie war sich da nicht sicher. "Wasserröhren können doch auch stöhnen", sagte sie. Und dass sich das klagende Geräusch in gleicher oder ähnlicher Form wiederholte, schien eher auf ein technische Ursache hinzuweisen. So kam es ihr jedenfalls vor.

Laura hatte keine Ahnung, wie lange sie so gestanden hatte, bis das Ufo schließlich verschwand. Es schwebte nicht davon, sondern platzte plötzlich wie eine Seifenblase und hinterließ nichts als Dunkel. Das Platzen war nicht zu hören. Es glich eher einer Lichtexplosion, die aber nicht so stark war, dass man es hätte Blitz nennen können. Es war unauffällig wie ein Fingerschnippen. Und erstaunlich daran war eigentlich nur die unerwartete Plötzlichkeit gewesen und das Dunkel, das nach dem Verschwinden des Ufos fast gespenstisch wirkte. Es ging denn auch eine ganze Weile, bis Laura die Straßenlaterne gegenüber wieder wahrnahm und sah, dass ihr Garten immer noch sichtbar war, wenn auch nicht so deutlich wie zuvor. Eigentlich, wenn sie es sich recht überlegte – und sie wurde jetzt plötzlich eifrig und aufgeregt – wurde ihr erst jetzt klar, dass sie den Rosmarin und das Myrthenbäumchen in jener Nacht viel klarer gesehen hatte als je zuvor. Klarer als im hellsten Sonnenschein, so als ob ihre Augen anders und besser hätten wahrnehmen können, so als ob sie jedes individuelle Blättchen und jede einzelne Nadel in ihrer Einzigartigkeit und Vollkommenheit hätte erfassen können.

Sie war dann aufs Sofa gesunken und eine lange Zeit zitternd dort gesessen, wobei es ihren Körper so geschüttelt hatte, dass sie ihren Cognac während längerer Zeit, so kam es ihr jedenfalls vor, nicht austrinken konnte. Und auch als sie es endlich konnte, schlug sie noch mit dem Glas an die Zähne, dass es fast weh tat.

Laura fragte sich beim Erzählen, ob das Geräusch im Ohr während dieser Zeit aufgehört hatte, aber sie wusste es nicht mehr.

Sie war schließlich eingeschlafen, auf dem Sofa, und erst nach einer Weile erwacht, weil ihr kalt war. Sie wankte ins Bett und fiel in einen bleischweren Schlaf, doch als sie am Morgen erwachte, hatte sie gespenstisch klare Traumbilder im Gedächtnis:

"Ich heiße Myagio."

Der Mann, der vor ihr stand, hatte eine sehr angenehme Stimme und verbeugte sich leicht vor Laura. Er trug einen eng anliegenden, silbern schimmernden Overall, der seine Muskeln äußerst vorteilhaft nachmodellierte. Laura fühlte, wie sie sagte, augenblickliche Sympathie für ihn, aber ich vermute, dass es wahrscheinlich mehr als das war, wenn man an ihre Vergangenheit und ihre einstige Existenz denkt.

"Ich finde Ihren Garten ganz entzückend." Er strahlte sie an und lächelte schelmisch.: "Er ist wirklich eine Reise wert."

Da sich Laura im Traumzustand befand, wunderte sie sich über nichts. Sie war lediglich erfreut und geschmeichelt und sagte ihm, dass sie ihre Pflanzen tatsächlich sehr liebe, wenn sie sie auch vielleicht nicht immer gut genug pflege.

"Das wird sich ja jetzt ändern", sagte Myagio. "Ich möchte einfach, dass Sie wissen, dass wir das sehr schätzen und uns davon sehr angezogen fühlen." Und Laura dachte nicht daran, zu fragen, wer "wir" waren, sondern genoss einfach die Aufmerksamkeit und Freundlichkeit dieses sehr schönen Mannes. "Wir möchten von Ihnen lernen", fuhr dieser fort, "wenn das möglich ist." Und Laura spürte sich nicken.

"Ich danke Ihnen."

Mehr wusste Laura nicht, als sie erwachte. Und sie kümmerte sich nicht besonders darum, denn Träume sind ja bekanntlich Schäume. Auch ich hätte das Ganze für ziemlich banal gehalten, wenn Laura jetzt brav nach unten gegangen wäre und mich meinem Computer und dem amerikanischen Unabhängigkeitskrieg überlassen hätte. Aber sie fuhr mit ihrer wirren Erzählung fort.

"Zwei Tage später läutete es an der Tür. Ein Junge vom Blumengeschäft brachte einen beachtlich großen Strauß." Sie warf mir einen merkwürdigen Blick zu. Erinnerte sie sich an die schäbigen Aktions-Wicken, die ich ihr damals gebracht hatte? Wenn ja, ließ sie sich jedenfalls nichts anmerken. Irgend etwas ließ sie aber zögern, so als ob ihr die Worte schwer fallen würden.

"Am Strauß angeheftet war eine Karte", murmelte sie schließlich, "und auf der stand: Herzlichen Dank für Ihre Bereitschaft zur Zusammenarbeit, Ihr Myagio".

Die Pause, die sich zwischen uns nun auftat, schien unendlich lange zu dauern. Schließlich räusperte ich mich und ging ins Nebenzimmer, um den Scotch zu holen, den ich da noch gehortet hatte. Laura rührte das Glas nicht an, das ich vor sie stellte. Sie zitterte leicht.

,Es ist nichts im Vergleich zu damals', flüsterte sie. ,Damals saß ich zwei Stunden auf dem Sofa und zitterte, dass es mich schüttelte.' Sie schaute mich mit hypnotischen Augen an, als sie fortfuhr: ,Und die Blumen hielten sich drei Monate. Sie blieben frisch, obwohl ich ihnen gewöhnliches Wasser gab. Und dann schmiss ich sie weg, weil ich es nicht mehr aushielt, obwohl sie noch aussahen wie am ersten Tag.'

Ich glaubte ihr kein Wort."

8

Die nächsten Eintragungen zeigen einen Hanjo, der sich missmutig und verstimmt durch die Tage quält. Er schreibt an seiner Dissertation, kommt aber nicht voran damit. Er liest in den Sonetten Petrarcas, wird aber nicht mehr berührt, kann sich nicht vorstellen, was vorher so brennend durch ihn hindurch zog. Ohne, dass er sich eingesteht, fühlt er, dass er seine ganze Zeit mit Dingen verbringt, die ihn eigentlich gar nicht interessieren.

Laura hingegen, nachdem sie das Eis durch ihre Erzählung gebrochen hat, sucht Kontakt zu ihrem jungen Freund. Sie lauert ihm an der Wohnungstür auf, und wenn er vorbeigeht, grüßt sie ihn einfach oder bittet ihn um kleine Besorgungen. Und Hanjo kann sich nur schlecht entziehen, sei es, weil er ein Mensch ist, der sich nicht abgrenzen kann, sei es, dass er unbewusst nach Kontakt sucht. Schließlich lebt er allein, aus seinen Papieren geht nicht hervor, dass es in seinem Leben Freunde gibt. Und Frauen, Frauen scheint er nur aus Gedichten und Romanen zu kennen! So vergehen zwei, drei Wochen. Und dann stellt Laura eine Falle, in die sich Hanjo mit Freuden hinein begibt: Sie bittet ihn zu sich herein.

"Da konnte ich nicht widerstehen. Denn auf ihre Wohnung war ich neugierig und bisher hatte sie mich noch nie hineingelassen.

Ihr Wohnzimmer war düster wie Freuds Studierstube. Die vielen Muster der Teppiche, Vorhänge und Möbel konkurrenzierten sich. Und Mengen von seltsamsten Figürchen und Dingelchen standen auf Tischen und in Regalen. Es wirkte ziemlich muffig, wenn auch sauber. Und man glaubte ohne weiteres, dass Laura Müller einmal bessere Tage gesehen hatte.

Laura schien meine Gedanken gelesen zu haben,

denn sie sagte neutral: ‚Das sind die Möbel von meinem dritten Mann. Er war Psychiater. Möchtest Du einen Kaffee haben?'

Als ich nickte, stellte sie ein kleines Tässchen mit Goldrand auf den Tisch und holte aus der Küche eine kleine Messingkanne, in der sie offenbar türkischen Kaffee vorbereitet hatte. Ich schlürfte ihn mit Genuss, er war sehr stark und sehr süß. Laura setzte sich mir gegenüber in einen breiten Lehnstuhl, ebenfalls orientalisch gemustert, in dem sie fast verschwand. Ihre Augen schienen das einzig helle in diesem verdunkelten Raum zu sein. Sie sah mich an und sagte kein Wort.

Das hatte es noch nie gegeben und ich wurde verlegen. Ich trank wieder, aber leider war die verdammte Tasse so klein, dass ich schon bald nichts mehr zu tun hatte.

‚Schön hast Du es hier', versuchte ich mich zu retten. Aber sie zuckte nur die Schultern und fixierte mich weiterhin mit ihrem himmelblauen Blick. Ich war ihr definitiv nicht gewachsen:

‚Es tut mir ja leid', sagte ich und versuchte, sie genau so direkt anzusehen wie sie mich, ‚aber Deine Ufo-Geschichte hat mich ein bisschen...' Ich brach ab. Sollte ich sagen "verstört" oder "abgeschreckt" oder "erschüttert"? Noch immer half sie mir aber nicht und schaute nur still.

‚Es ist einfach zu unwahrscheinlich', sagte ich schließlich patzig.

Sie nickte und stimmte mir zu. ‚Selbstverständlich. So etwas glaubt kein Mensch.'

Sie griff neben sich ins Büchergestell und stellte einen hellen Gegenstand auf den Tisch.

‚Das hat er mir dagelassen. Nimm es in die Hand!'

Es war eine kleine Skulptur aus hellem Metall mit mattem Glanz, etwa zwölf Zentimeter hoch, oval, mit leichten Einbuchtungen, die ein Tier oder einen Menschen oder eine Pflanze oder einen Spiralnebel andeuten konnten. Irgend etwas hielt mich zurück, aber ich wollte meine Unsicherheit nicht zugeben. Also griff ich beherzt nach dem Ding. Es war erstaunlich leicht und zu warm, um Metall zu sein. Und, das trieb mir augenblicklich den Schweiß ins Gesicht: Es schien sich unter meinem Griff zu verformen! Es kitzelte in meiner Handfläche und Hitze stieg meinen Arm hinauf. Ich wollte das unangenehme Gefühl unterbrechen, indem ich fester zupackte. Aber mein Griff ging irgendwie ins Leere, weil die Form nachgab. Eine Welle von Nervosität ging durch mich hindurch und ich stellte die Skulptur schnell auf den Tisch. Sie sah unverändert aus.

‚Ist es nicht seltsam?‘ Lauras Stimme klang echt interessiert. Aber ich wehrte mich noch immer und sagte:

‚Was?‘ Ich war wütend.

Aber Laura schien nichts zu merken. Sie erzählte einfach ihre Geschichte, ohne sich darum zu kümmern, dass ich diese gar nicht hören wollte. Am Anfang warf sie mir verständnissuchende Blicke zu, aber mit der Zeit wurde sie immer selbstsicherer und redete, ohne meine Zustimmung zu suchen, versunken in ihren Stoff und in ihren außerirdischen Freund.

‚In der Nacht, nachdem ich die Blumen weggeschmissen hatte, kam Myagio zurück. Er fragte mich, warum ich so wütend sei. Ich wusste es nicht. Vielleicht, weil ich Angst hatte. Vielleicht, weil ich nicht verstehen konnte, was eigentlich vor sich ging. Ich wollte diese unsterblichen Blumen einfach nicht mehr in meiner Wohnung haben. Ich fühlte mich irgendwie von ihnen bedroht. Myagio entschuldigte sich sehr. Er sagte, dass er Mühe hätte, die Zeit richtig einzuschätzen und dass er offensichtlich zu lange gewartet hätte, um zurückzukommen und mir alles zu erklären. Ich war tatsächlich wütend und bellte ihn nur an, was es denn da zu erklären gäbe. Er lächelte – und weißt Du, er ist sehr schön, wenn er lächelt. Er sagte mir, dass er von sehr weit weg käme und aus einer Welt, die ganz anders als unsere gebaut sei. Sie hätten zwar alles studiert von unserem System und wüssten bereits sehr vieles, zwei Dinge aber bereiteten ihnen Mühe: Die Zeitempfindung und die Farben. Sie können ohne Uhr nicht einschätzen, ob eine Viertelstunde oder ein Jahr vergangen ist. Und sie kennen die Wellenlängen von jeder Farbnuance, aber sie wissen nicht, wie Farben wirken. Sie können sich nicht vorstellen, was Farben bedeuten und welche Gefühle sie auslösen.'

Laura schaute mich geschäftig an.

‚Und er wollte nun also, dass ich Farben für ihn beschreibe.'

Sie schnippte mit den Fingern wie ein Zauberer, der eine Blume aus dem Nichts holt: ‚Er hielt mir eine Rose unter die Nase und bat mich, darüber zu sprechen. 'Es ist die Farbe der Liebe und des Blutes', sagte ich. Aber er wollte noch mehr wissen. Ich sagte ihm, dass das Rot der Blätter eine tiefe Sehnsucht in mir auslöse, dass der Samt in ihrem Kelch meine Seele besänftige, weil das Dunkelsamtige Ruhe und Frieden verspricht und dass die kranzförmigen, gelben Staubfäden mich anblicken wie ein liebevoll strahlendes Auge. Ich erklärte, wie die feinen Adern mich durch ihre Zartheit rührten und Zärtlichkeit in mir auslösen. Und der Duft – sagte ich – 'der Duft! Kannst Du ihn riechen?' (Merkwürdigerweise dachte ich keinen Moment daran, ihm Sie zu sagen). Und als er traurig den Kopf schüttelte, wurde auch ich traurig. Und er sagte: 'Siehst Du, Deine Gefühle kann ich lesen, verstehen und spüren. Das ist sehr schön. Aber ich kann sie nicht selber haben. So sind wir. Und darum brauchen wir Dich. Weil Du so viele Gefühle hast, wenn Du Farben siehst.'

Laura hielt inne, wie erschöpft. Aber so erschöpft wie

ich konnte sie auf keinen Fall sein. Ich war halb hypno-
tisiert und gleichzeitig nervös und ich spürte nichts anderes als einen blindwütigen Fluchtreflex.

,Ich muss jetzt dringend gehen', stammelte ich matt.
Und Laura ließ mich, Gott sei dank, ziehen."

9

Aber selbstverständlich kam Hanjo nicht so
einfach davon. Lauras Geschichte beschäftigte
ihn, raubte ihm den Schlaf und manchmal kam
ein merkwürdiges Zittern über ihn, wie er es früher nicht gekannt hatte, die gleiche Nervosität,
die er empfunden hatte, als er die Skulptur in
seinen Händen hielt. Er fragte sich, ob er krank
sei. Eine dumpfe Furcht beschlich ihn, dass ihn
die kleine Skulptur verstrahlt oder behext haben
könnte, was er dann sofort wieder als paranoide
Vorstellungen verwarf. Es ging ihm wirklich nicht
gut. Aber wie fast alles Schlechte auch sein Gutes hat, so führten seine Schwierigkeiten eine
Frau in sein Leben. Eines Tages kam eine Kol-
legin auf ihn zu, Katja. Sie war für die Bestellun-
gen des Tankstellenladens zuständig und
arbeitete gelegentlich ebenfalls nachts. Auch
sahen sie sich gelegentlich auf der Uni. Katja
lud ihn zu einem Kaffee ein in die kleine Bar gegenüber, die um diese Zeit als erste geöffnet
hatte. Und so saßen die beiden zwischen Bus-
fahrern und Taxichauffeuren, die hier in den frühen Morgenstunden ihren ersten Kaffee schlürf-
ten und dazu schweigend Hörnchen kauten.
Katja eröffnete das Gespräch:

"'Geht es Dir nicht gut?' fragte sie schon nach ein paar wenigen, belanglosen Sätzen.

Ich war erschüttert, dass man mir das ansehen konnte. Tatsächlich war ich von Nervosität zerfressen bis ins innerste Mark und wusste nicht, was es war, was mich so schrecklich piesackte.

,Wieso meinst Du?'

,Ich seh es einfach.' Katja blickte mich forschend an.

Katja mit der Sammethaut, Katja mit den Honigaugen unter ihren Haselnusshaaren, keine Frau hatte ich begehrt wie sie. ("Ihr lieben Augen, strahlend ohne gleichen, ihr traft mein Herz, ihr schlugt ihm solche Wunden, dass nur in eurem Glanz es wird gesunden.") Aber nie hatte sie mich mehr als eines schnellen Blicks und oberflächlichen Grußes gewürdigt, nie hat sie mich an sich herangelassen. Und nun lud sie mich zum Kaffee ein und sagte sie solche Dinge. Und mein Herz hüpfte nicht einmal.

,Glaubst Du an Ufos?'

Ich muss ziemlich dumpf gesprochen haben, denn sie verstand mich zuerst nicht einmal. Doch als ich mich nun wiederholte, weiteten sich ihre herrlichen Augen und ich konnte, endlich aus der Nähe, sehen, dass sie wirklich ungemischt bernsteingelb waren. Golden und durchsichtig wie Bernstein. Was den gelblichbraunen Ton ihrer Haut betonte und zum Glimmen brachte.

,Warum fragst Du das?' Der Ton war eine Mischung von Interesse und Irritation.

Und nun erzählte ich ihr von Laura, die mich auf eine so merkwürdige Weise faszinierte, dass es mir nicht mehr egal war, ob sie verrückt war oder nicht. Eigentlich hatte diese unglückselige Geschichte ja schon begonnen, bevor ich Laura zum ersten Mal gesehen hatte. Und Petrarca war schuld, aber damit wollte ich Katja im Moment nicht kommen. Mich interessierte diese

Laura Müller wie der volle Napf den hungrigen Hund! Ich wollte unbedingt Kontakt zu ihr! Ich wollte wissen, wer sie ist. Ich brachte ihr Blumen und kochte ihr Kaffee. Ich versorgte sie mit Schnaps. Und selbst nachdem ich sie verachtet und vergessen hatte, faszinierte sie mich weiter und ich suchte sie erneut. Katja würde das nicht verstehen, kein Mensch würde das verstehen. Aber Tatsache war, dass Laura, seit ich ihren Namen auf ihrem Briefkasten gesehen hatte, eine Wichtigkeit in meinem Leben erhalten hatte, die sich durch nichts rechtfertigen ließ. Eigentlich bin ich sonst gar nicht so!

‚Sie lebt also ganz allein und sieht Ufos?' Katjas Stimme hatte nichts Höhnisches. Schließlich stand sie kurz vor Abschluss ihres Psychologie-Studiums und verstand schon von Berufes wegen alles Menschliche.

‚Glaubst Du daran?' Auch das klang interessiert.

Ich kam mir wie ein Kind vor, das den Weihnachtsmann und den Osterhasen verteidigt. Dabei wollte ich am liebsten doch gar nichts damit zu tun haben.

‚Ich glaube daran, dass sie sie sieht.'

Katja behielt ihre mustergültige Ruhe. Und dann erzählte sie mir von den Archetypen, Symbolen, die in den Menschen angelegt sind und die durchaus ihre Realität haben. ‚In Zeiten der Verunsicherung schafft sich die Hoffnung nicht allein auf der Erde zu sein, der Wunsch, von höheren Mächten behütet zu werden, eigene Bilder. Ufos oder Madonnen erscheinen. Dies sind aber keine physischen, sondern psychische Realitäten. Wobei die durchaus real sind. C.G. Jung sagte: 'Wirklich ist, was wirkt.' Und die Wirkung kann ich sogar an Dir sehen, Du bist bleich.'

Sie lächelte mich aufmunternd an, wie eine Mutter ihr Kind. Aber das gefiel mir nicht.

‚Du musst mich nicht wie einen Idioten behandeln', maulte ich. Und schilderte die kleine Skulptur, die ich vorher zu erwähnen vergessen hatte. Dabei wurde die

Nervosität in mir wieder übermächtig und ich fürchtete, dass es meiner Stimme anzuhören sei. Aber Katja war wirklich eine gute Psychologin und eine liebe Frau. Sie nahm meine Erzählung ohne Ablehnung entgegen. Sie kaute sogar einen Augenblick auf ihren schönen, scharf geschnittenen Lippen.

,Das ist sehr merkwürdig', murmelte sie. ,Aber es könnte natürlich auch Autosuggestion sein. Schließlich hast Du selber gesagt, dass Du sehr nervös warst und irgendwie beeindruckt von der ganzen Situation.'

Wir schwiegen uns an und ich bestellte noch eine Runde Milchkaffee. Die ersten Busse waren abgefahren und das Gedränge in der Bar hatte nachgelassen. Der Himmel über den Wohnblöcken gegenüber wurde langsam hell und man sah, dass die Dächer von der Feuchtigkeit der Nacht glänzten. Ich fühlte mich ausgelaugt und selbst die Tatsache, Katja gegenüber zu haben, heiterte mich nicht auf. Ich betrachtete sie, die sanften Wellen ihres Haares und die Kugeln ihrer Augäpfel unter den geschlossenen Lidern. Warum, zum Teufel verliebte sich nie eine solche Frau in mich? Sie wirkte, trotz der Nachtschicht frisch, ihre Haut strahlte eine sanfte Lebendigkeit aus. Etwas in mir fing an zu verzagen. Da öffnete sie zum Glück ihre Augen wieder. Ihr Blick war dunkel und ihre Stimme zurückhaltend, als sie sagte:

,Ich schreibe doch eine Diplomarbeit über einsame Frauen. Kannst Du Deine Nachbarin nicht dazu bringen, ihre Geschichte für mich aufzuschreiben?'

Ich zuckte die Schultern. Versuchen konnte ich es. Ein bisschen war ich aber auch traurig. Das Ufo-Abenteuer hatte sich plötzlich in normale Psychologie verwandelt.

*

Ich glaube, wenn es nicht für Katja gewesen wäre, hätte ich nichts unternommen. Aber die Tatsache, etwas Gemeinsames mit ihr zu haben, und wenn es nur ein Projekt war, das mich gar nichts anging, war zu verführerisch. So läutete ich gleich am nächsten Nachmittag bei Laura.

Es war mir sehr peinlich. Sie stand unter ihrer Tür und machte keinerlei Anstalten, mich hinein zu lassen. Sie sah mich groß an und wartete, bis ich meinen Wunsch herausgedruckst hatte:

‚Eine Freundin von mir ist verzweifelt, weil sie zu wenig Personen hat, die sie für ihre Diplomarbeit befragen kann. Es geht um das Thema allein sein' – wie man sieht, log ich ziemlich wild drauf los – ‚ja und da hatte ich die Idee, dass Du vielleicht über Dich schreiben könntest. Vor allem diese neue Geschichte mit dem Ufo…'

Laura musterte mich mit einem ironischen Blick. Sie wirkte sehr interessiert, aber ich wusste nicht, ob da nicht auch etwas Hohn in ihrem Blick war. Sie schien nachzudenken und wirkte merkwürdig distanziert.

‚Aha', sagte sie schließlich, ‚darum.'

Und ich fragte, wie aus einer Pistole geschossen: ‚Was, darum?'

‚Darum wollte er, dass ich alles aufschreibe.'

Mir verschlug es einmal mehr die Sprache und diesmal brauchte ich nicht zu fragen, wer "er" war. Ich schluckte und sagte nichts.

‚Ja', sagte sie und strahlte mich an, ‚ich habe tatsächlich Notizen gemacht und alles aufgeschrieben. Aber…' ihr Blick erlosch und sie schlug die Augen nieder. Sie schien etwas auf dem Fußboden genau zu studieren. Dann sagte sie stockend: ‚Ich habe beschlossen, die Sache für mich zu behalten.'

Ihr Blick schweifte vom Fußboden hinauf in mein Gesicht. Als sie mir in die Augen sah, war ihr Blick leer.

*

Lauras Verhalten hatte mich peinlich berührt, aber ich kümmerte mich nicht darum. Immerhin gab es mir Gelegenheit, Katja Bericht zu erstatten. Ich musste zwar einen Misserfolg rapportieren, aber immerhin saß ich wieder mit ihr in der kleinen Kaffeebar. Ach Katja, wie müde sie an diesem Morgen aussah! Als ob sich der Staub der ganzen Welt unter ihre Augen gelegt hätte. Aber auch so war ihr Blick noch wie Honig, dunkel wie Waldhonig. Sie sah mich intensiv an, als ich ihr von meinem seltsamen Treffen mit Laura erzählte und schien weder erstaunt noch enttäuscht zu sein.

,Weißt Du was?', sagte sie schließlich, ,ich komme nächstens einmal bei Euch vorbei und mache ein Interview mit ihr.'

Und das war mir natürlich recht: Katja würde kommen. Sie würde zu mir nach Hause kommen!"

10

Das Treffen zwischen Hanjo und Katja verzögerte sich aber. Katja unterbrach ihre Arbeit und verschwand für ein paar Wochen. In ihrer Familie war irgend etwas los und sie musste nach Hause und für Ordnung sorgen. Hanjo brachte ihre Abwesenheit vollständig durcheinander. Er war verliebt und hilflos, wie ein Maienkäfer, der auf dem Rücken liegt und mit den Beinen rudert. Er ging in seiner Wohnung hin und her und deklamierte laut die Liebesgedichte von Petrarca und verkroch sich in Francescos siebenhundert Jahre alten Gefühlen. Die Liebe kochte in ihm hoch, ließ ihn schwärmen, schmelzen, vergehen, und verwandelte sich in Schmerz, der ihn peinigte, zerkratzte und zerschnitt, dass er nicht mehr wusste, wo und wer er war. Er war unfähig zu arbeiten, vegetierte nur noch vor sich hin, konnte sich mit Mühe gerade noch zur Tankstelle schleppen und vergaß sonst alles, vergaß Laura, Ufos und die ganze Welt.

Dann, eines Tages, läutete es in altbekannter Manier an seiner Tür.

"'Ich wollte nur mal sehen, was Du so machst.'

Laura schaute mich mit Unschuldsaugen an. Sie war wieder in eine Wolke von zarten Pastellfarben gehüllt, diesmal war es ein Kleid in hellem Lila, das leicht und fast transparent um sie floss und mit perlgrauen Rändern eingefasst war.

Ich ließ sie herein. Dabei war ich, glaube ich, nicht besonders freundlich. Nicht weil ich mich irgendwie an ihr rächen wollte, sondern weil ich einfach mitten in meinen Gedanken steckte. Erst als sie mir gegenüber saß und in ihrer Tasse rührte und leicht schuldbewusst und traurig aussah, kamen mir ihre abstrusen Geschichten wieder in den Sinn.

‚Wir haben uns lange nicht gesehen', sagte ich, ‚geht es Dir gut?'

Sie nickte und wirkte irgendwie eingeschüchtert.

Dann senkte sich Schweigen über uns. Wir vermieden es uns anzusehen und schauten aus dem Fenster. Bis sie mir schließlich leid tat und ich sie nach ihrer Tanzerei von anno dazumal fragte. Da leuchtete sie auf wie ein Kind und lächelte so glücklich, dass ich sie wieder voll und ganz ins Herz schloss. Sie erzählte mir, dass sie versucht habe, bei ihrem Tanz alles zu reduzieren, zuerst die Ausstattung, dann die Anzahl der Bewegungen, dann die Geschwindigkeit, dann die Gefühle.

‚Es war ein ungeheurer Prozess', sagte sie, ‚der über lange Zeit fortdauerte. Immer wieder dachte ich, nun hätte ich mein Ziel erreicht und es gäbe nichts Überflüssiges mehr an meiner Vorstellung. Aber nach einer gewissen Zeit fand ich doch wieder etwas, das ich noch weglassen konnte. Das war jeweils die größte Aufregung, die Du dir vorstellen kannst. Es machte mich richtig glücklich. So reduzierte ich, Schritt um Schritt. Am Schluss hatte ich das Gefühl, dass ich mich gar nicht mehr bewegen würde. Ich war nur noch einfach da auf der Bühne, in einem Bewusstseinszustand, den ich Dir nicht beschreiben kann. Und eigentlich verstehe ich heute noch nicht, was die Leute darin sahen. Aber sie klatschten wie verrückt, wenn ich abbrach. Und ich hatte unglaubliche Kritiken!'

Sie war wie verzückt und sie hatte mich angesteckt. Sie war wirklich eine Künstlerin. Ob als Tänzerin kann ich nicht beurteilen, aber so, wie sie mich mit ihren Geschichten immer wieder gefangen nahm. Ich spürte warm in mir, dass ich sie unglaublich gern mochte.

,Und dann wollte ich eine ganze Gruppe aufstellen, die auf meine Art tanzen sollte. Und das ging natürlich daneben. Aber bis ich das merkte, war es für mich zu spät, allein weiterzufahren. Und so war schließlich alles im Eimer. Und ich lernte, zu vergessen. Bis…'

Sie brach ab und sah mich schuldbewusst mit einem kleinen Blick von unten an.

Sie schonte mich, diese Frau. Sie spürte, dass ich im Moment nichts mit Ufos im Sinn hatte.

*

Was danach geschah, betrachte ich als ausgleichende Gerechtigkeit dafür, dass ich Laura nicht hatte ernstnehmen wollen. Aber an jenem Vormittag wurde ich einfach beinahe verrückt vor Angst.

Ich hatte nach dem Gespräch mit Laura noch eine Weile in meiner Wohnung herumgefuhrwerkt, ein paar Sachen gewaschen vielleicht, oder sonst etwas in der

Haushaltung herumgefummelt, und am Abend war ich wie gewohnt zur Schicht gefahren. Und dann, als die Vögel pfiffen, war ich ins Bett gesunken und todmüde eingeschlafen.

Ich weiß nicht, wie viel Uhr es war, als ich erwachte. Mein Schlafzimmer ist verdunkelt, damit ich überhaupt ein paar Stunden Schlaf kriege, was bei den vielen Geräuschen des Tages ohnehin nicht einfach ist. Ich liege also schlafend im Bett und träume irgend etwas, vielleicht von einer Bootsfahrt oder so ähnlich, als sich plötzlich mein Bett zu bewegen anfängt. Hellwach und steif vor Schreck fahre ich auf und tatsächlich: Ein Rütteln und Schütteln geht durch die Matratze und durch mich hindurch. Zuerst fast unmerklich, dann so, dass die Bettstatt zu krachen und lärmen anfängt. Ein Erdbeben, denke ich bestürzt und will gerade aus dem Bett springen, um mich in Sicherheit zu bringen, als mir auffällt, dass die anderen Dinge im Zimmer sich still verhalten, dass die Lampe nicht pendelt und die Bilder an den Wänden sich nicht bewegen. Aber auf dem Wellenbild, auf dieser Meeresansicht, die ich so sehr liebe und die an der Wand gegenüber meinem Bett hängt, dort ziehen durch die gemalte Gewitterwolken drei Lichter in V-Form! Etwa 30 Grad über dem Horizont des Bildes! Sie schlagen ein paar Haken und gefrieren schließlich in der linken Ecke des Gemäldes!

Ich sitze entsetzt und wie steifgefroren im Bett, doch nach einer Ewigkeit kommt endlich das Leben wieder zurück. ‚Nein', sage ich mir, ‚das geht zu weit.' Ich steige in einer Art von Wut aus dem Bett, wobei sich meine Beine seltsam hart und leblos anfühlen. Ich gehe zum Fenster und öffne Vorhänge und Läden und lasse das Sonnenlicht hereinfluten, das da draußen reichlich vorhanden ist. In mir ist das abergläubische Gefühl, dass mich Helligkeit beschützen würde. Dann kehre ich mich wieder dem Bild zu. Das Leuchten ist im Sonnenlicht vergangen, aber die drei Flecke in der linken Ecke sind noch deutlich zu sehen.

Ich fliehe in die Küche. Dort sitze ich, ich weiß nicht wie lange, in einer Art Dämmer am Tisch, wobei sich mein Körper schüttelt. Es geht gegen Mittag, als er sich endlich beruhigt und ich beschließe, Katja anzurufen. Ich brauche sie. Vielleicht ist sie inzwischen zurück. Schon wie ich die Nummer wähle, kommt mir die Welt schon fast wieder normal vor, und tatsächlich Katja ist wieder da. Sie sagt, dass sie sofort kommen wolle. Aber die Stunde, die sie etwa braucht, wage ich nicht in meiner Wohnung zu verbringen. Also setze ich mich auf die Bank an der Bushaltestelle, wo Katja aussteigen wird.

Die Zeit vergeht merkwürdig schnell und langsam zugleich. Ich fühle mich verlangsamt und unbeweglich wie ein Fisch im eiskalten Wasser, aber als ich Katja endlich in einem der ankommenden Busse ausmachen kann, scheint mir kaum Zeit vergangen zu sein.

Der Bus nähert sich und hält genau mit der Tür vor der Stelle, wo ich sitze. Katja steht zum Aussteigen bereit, aber noch trennt uns diese Tür, mit ihren großen Scheiben, die sich nicht bewegen und nicht zur Seite ausweichen wollen. So etwas wie Panik beschleicht mich, wollen die mir Katja vorenthalten? – Nein, endlich öffnet sich die Tür, Katja kommt die Stufen herunter. Und es ist, wie wenn nach einem Augenblick der Stille ein plötzlicher Wind einen Weidenbaum schüttelt. Ein friedliches Geräusch entsteht und alles gerät in Bewegung.

Ihre Haare wippen, ihr Rock schlängelt sich, ihre Beine berühren den Boden auf fast unmerkliche Art. Nicht dass sie schwebte, nein, sie macht durchaus feste Schritte, aber es ist, als ob der Boden ihr tausend Hände entgegenstrecken würde, um jeden ihrer Schritte aufzufangen und liebevoll zu federn. Es sieht so aus, als ob sie auf einem lebendigen, ihr zugeneigten Boden ginge, der doch für uns alle nichts anderes als harter Asphalt ist. Ach, wie ich sie liebte in diesem Augenblick. Ich liebte sie mehr als alles auf der Welt. Und eine heiße Welle verbrannte mich von Kopf bis Fuß. Dabei saß ich immer noch wie ein Stock auf der Bank, so unbeweglich, dass sie mich nicht einmal bemerkte. Ich musste sie rufen.

,Katja!'

Jetzt richtete sich ihr Blick auf mich und ich sah, dass sie erschrak. Und das wiederum bewirkte, dass ich mich noch elender fühlte. Denn ich wusste nicht, lag in ihrem Erschrecken am Ende Ablehnung und Distanz.

Sie drehte sich um und kam auf mich zu und musterte mich von oben mit einem langen, merkwürdigen Blick. Und noch immer war ich nicht fähig, mich zu rühren und aufzustehen. Dann plötzlich, und es traf mich wie ein Blitz, kniete sie nieder, kniete sich einfach vor mich auf den Boden, auf den dreckigen Boden dieser unheiligen Bushaltestelle, zwischen Zigarettenkippen und schwarzen Kaugummiflecken. Und sie streckte die Arme nach mir aus. Und ich weiß auch nicht, wie es geschah, kniete auch ich und wir lagen uns in den Armen und küssten uns: Eine Berührung, die alles übrige auslöschte, eine Weichheit, die mich bis in die Knochen auflöste, eine Tiefe, in der ich mich fast verlor. Doch leider war ich zu gierig, um genügend aufmerksam zu sein und zu erschrocken, um es richtig zu genießen.

Auch Katja schien erschrocken, als wir uns endlich wieder fassten. ,Du sahst so aus, als ob Du gleich abheben wolltest', sagte sie fast entschuldigend, ,da hatte ich das Gefühl, ich müsste eingreifen.'

Ich verstand nicht, was sie meinte. Es war mir auch egal. Ich war ganz in meinen Gefühlen gefangen. Und verwirrter als je. Denn einerseits war da immer noch der Nachklang dieser Panik und der Lähmung vom Vormittag, gleichzeitig aber sang und jubelte es durch meinen ganzen Leib. Und dieser Widerspruch riss mich fast in Stücke. So war ich schweigsam und wir trotteten nebeneinander her in meine Wohnung zurück. Als ob nichts gewesen wäre, als ob mir nicht gerade mein jahrelanger und heftigster Wunsch erfüllt worden wäre.

Im Schlafzimmer sah sich Katja die Bescherung an. ,Das ist ein sehr schönes Bild', meinte sie. Und ich erzählte ihr, wie ich im fast undurchsichtigen Rauch einer Kneipe, in dicker Luft und nach viel Bier, einem Fremdenlegionär, der dringend Geld brauchte, endlich auf den Leim ging und ihm versprach, ihm ein Bild abzukaufen. Er hatte es auf eine sehr obskure Art von irgend einem Mann in Afrika übernommen, der ein großer Künstler gewesen sein soll. Als der Legionär am Morgen nach der durchgesoffenen Nacht bei mir klingelte, war es mir äußerst peinlich, denn eigentlich konnte ich mir ein solches Gemälde, auch wenn es spottbillig abgegeben wurde, überhaupt nicht leisten. Aber im Anblick seiner Muskeln und seines gefährlichen Blickes wollte ich es lieber nicht zugeben. Und so kam ich in den Besitz dieses Meeres, dieser Wellen, die sich im Mondlicht wälzten, dieser gefährlich geballten Wolken, die einen dunkeln und doch durchsichtigen Himmel überzogen. Oh geheimnisvolle Nacht, die nichts enthielt als Wasser und ein Rauschen, das nur im Innern hörbar war. Oh unendliche Weite ohne Horizont. Oder vielmehr mit einem Horizont der nichts verbarg als das immer gleiche: Wasser und Wellen, Wellen und Wasser.

Das Bild wurde mir sehr lieb. An guten Tagen stellte ich mir die Fische vor, die sich unter den gezackten Wellen in Massen tummelten: übersprudelndes Leben. In schlechten Tagen sah ich nur die uferlose Einsamkeit, das hoffnungslose Getriebensein, die Bewegung, die nirgendwohin führt. So lebten wir zusammen, das Bild und ich und wahrscheinlich war es mein einziger Reichtum. Und nun stand Katja davor. Und es wärmte mir das Herz, dass es ihr gefiel.

‚Bist Du sicher, dass diese hellen Flecken da oben nicht schon immer im Bild drin waren’, fragte sie nun und drehte sich zu mir um und sah mich mit einem Blick an, der mir kühl, wenn nicht sogar misstrauisch vorkam. Und selbstverständlich war ich mir von diesem Augenblick an nicht mehr sicher. Und etwas in mir tat sehr weh.

11

‚Weißt Du, ich halte Dich für sehr sensibel’, sagte Katja in der Küche und rührte im Fertigkaffee. Sie hatte die alte Tasse mit den blauen Blümchen erhalten, die ich sonst nie brauchte, als ob ich sie für diesen Moment aufgehoben hätte. ‚Du hast dich mit der Geschichte deiner Nachbarin identifiziert und so ist es leicht möglich, dass du… ich meine, es gibt doch Autosuggestion und sie kann stärkste Phänomene hervorrufen.’

Ich sah sie groß an. Ich verstand, worauf sie hinaus wollte und ich würde ihr nicht widersprechen, auf keinen Fall würde ich das tun. Aber es war nicht schön, so hier zu sitzen und das zu wissen: Meine geliebte Katja, sie glaubte mir nicht. Und ich konnte es ihr nicht einmal so richtig übelnehmen. Immerhin war sie da. Immerhin hatte sie diese Geschichte hierher gebracht. Und immerhin hatte sie mich geküsst, auch wenn jetzt nichts mehr daran zu erinnern schien, dass so etwas je möglich gewesen wäre.

‚Es war sehr stark’, murmelte ich diplomatisch.

‚Es **ist** sehr stark!’ Sie schien erleichtert, dass ich nachgab. ‚Sieh nur deine Nachbarin an und ihre UFO-

Geschichte. Sie erlebt es total, weil auch ihre Einsamkeit total ist. Sie bringt das in ihr Leben, was ihr sonst so fehlt: Anerkennung, Zuneigung, Anregung. Ich finde es eine großartige Leistung, wie sich ein psychisches System selber mit dem versorgt, was es zum Überleben braucht. Das ist die These meiner Diplomarbeit: Die Psyche holt sich das aus der Realität, was sie zum Überleben dringend braucht. Und wenn sie es nicht aus der Realität erhalten kann, dann schafft sie es sich eben in der Vorstellung. Und plötzlich sieht man Ufos! Das ist doch großartig. Das kleine Leben wird bedeutungsvoll und groß.'

Katjas Begeisterung färbte nicht auf mich ab. Ich saß einfach da und überlegte still in mich hinein, ob sie mir eben gesagt hatte, dass ich verrückt sei. Und falls dies zuträfe, ob ich Katja zum Überleben brauchte. Ich beantwortete beide Fragen mit ja, wenn ich auch einen Vorbehalt machen musste. Ich war vielleicht verrückt, aber ganz anders, als Katja dachte.

,Katja, ich liebe Dich'.

Das unterbrach ihren Redefluss. Sie starrte mich einen Moment mit offenem Mund an. Ich nahm ihre Hand und sagte noch einmal: ,Katja, ich liebe Dich.' Und da fing sie doch einfach an zu weinen. Ganz langsam ging es: Ihre Augen füllten sich mit Wasser und ich spürte ihre Abwehr bis sich endlich, dick wie Öl, die erste Träne losriss, sich ganz langsam vom Lidrand löste und dann mit großer Geschwindigkeit über die hellbraune Wange rollte. Mir war, als spiegelte sich das Meer in dieser Träne und ganz geschwind stand ich auf und nahm sie in die Arme. Und nun weinte und schluchzte sie wie ein Kind, und schnupfte und es schüttelte sie und sie konnte nicht aufhören damit, während ich sie einfach hielt und an mich drückte und hielt und den Duft ihres Haares atmete. Und ich hatte keine Ahnung, weshalb sie weinte, aber es war mir auch ganz egal, so lange es mir die Möglichkeit gab, sie so zu halten. Und es war mir recht, dass ihr Unglück so groß schien, dass sie so lange weinen musste. Oh Meer, oh Tränenmeer. Das Elend der ganzen Welt halte ich in meinen Armen und bin so glücklich wie noch nie.

Katja wäre nicht Katja, wenn sie nun nicht eine Erklärung abgegeben hätte, nachdem sie sich ausgiebig ausgeweint hatte. ‚Ich habe so viel gearbeitet in den letzten Wochen‘, sagte sie, ‚und ich hatte Krach mit meiner Familie. Und es ist mir einfach alles zu viel geworden.‘ Und während sie mit ihren Worten Distanz suchte, drückte sie ihren Körper an mich, schmiegte sich in mich hinein, als ob sie jede kleine Einbuchtung als Fluchthöhle benützen wollte. Und es schien, als ob unsere Körper perfekt ineinanderpassen würden, als ob wir wie die vielarmigen Stücke eines Puzzles aus einem einzigen Stück Holz herausgesägt worden wären: Zwei Formen aus dem gleichen Material.

Wir standen und standen und hielten uns einfach und es schien ewig zu dauern. Doch dann kam der Moment, der verlangte, dass nun irgend etwas getan werden müsse und ich fing an, ihr kleine Küsse ins Haar zu verteilen. Es waren fast Verlegenheitsküsse am Anfang, ich wollte einfach etwas tun. Es ging nicht darum, mir etwas zu holen, ich war ganz leidenschaftslos, wenigstens in diesem Moment. Aber dann entwickelten sich in meinen Lippen so ein Art Eigendynamik. Am Anfang genossen sie einfach die Berührung mit dem Haselnusshaar, aber dann suchten sie zielgerichtet nach Haut, am Haaransatz an der Stirne, an der Wange am Hals. Und ich fühlte Katjas Körper erzittern und auf eine flattrige Art lebendig werden. Sie drückte sich, was gar nicht möglich war, noch enger an mich und hielt mir nun ihr Gesicht entgegen und drehte es langsam und bot mir jede Stelle zum Küssen an, als ob sie unter der Dusche stände und sich von allen Seiten dem Wasserstrahl aussetzen wollte. Und ich kostete ihren Schädelknochen unter ihrer Stirn und die Muskeln auf ihren Wangen. Ich nippte an der Rundung ihrer Augen und der weichen Haut darunter, die ich durch den Filter ihrer Wimpern berührte. Ich streifte den schmalen Grat ihrer Nase und zog in kleinen Schritten zu ihrem Ohrläppchen, dass sich kernig und fest anfühlte. Und ich tat dies alles ohne Triumphgefühl, einfach nur in diese Tätigkeit vertieft und mir immer ihres unbeschreiblichen Duftes bewusst, der mich um sie schwirren ließ, wie ein Falter ums Licht. Ich vermied ihre Lippen, war eben auf dem Weg zu ihrem Hals, da wollte plötzlich ihr Mund meinen Mund und damit löste sie einen Bergrutsch aus, der nun nicht mehr anzuhalten war. Am Anfang fühlte es sich noch weich an, wie das Essen von lebendigen Beeren, die auf deinen Lippen und deiner Zunge zerplatzen. Aber dann schlich sich eine Dringlichkeit ein, die die Berührungen fast grob werden ließ und unsere Lippen an die Zähne quetschten, dass es fast weh tat, nein, dass es weh tat, aber wir wollten diesen Schmerz, wir konnten nicht genug davon kriegen. Und dann drang sie in mich ein, drang mit ihrer Zunge in mich und suchte meine Zunge und aus einer kurzen forschenden Berührung wurde sehr schnell ein heftiger Tanz, ein Absuchen jeder Möglichkeit, ein Drehen und Wenden, ein Kommen und ein schmerzvolles Gehen, das in einem immer neuen Wiederkommen explodierte. Ein Kuss wie ein Meer, wie eine bodenlose Unendlichkeit, bevölkert von tausend sprachlosen Wesen, gepeitscht von Gefühlsstürmen und sich ausdehnend im Wunsch, zu versinken, zu ertrinken. Oh Gott, warum hört so etwas jemals auf?

Wir mussten aber endlich aufhören, weil wir außer Atem waren. Lachend lösten wir uns voneinander um uns gleich wieder in die Arme zu fallen. Um Abschied zu nehmen von dieser Umarmung und noch schnell einmal in sie zu verfallen. Wir waren atemlos und hatten trockene Kehlen und konnten uns doch fast nicht trennen. Und es waren nicht wir, nicht Katja und ich, die wollten oder nicht wollten. Es waren unsere Körper. Oder vielleicht waren es unsere Seelen. Aber was spielte es schon für eine Rolle, wo es auf jeden Fall unendlich gut war.

Danach saßen wir Stunden am Tisch und erzählten uns gegenseitig unser Leben. Alles wollten wir voneinander wissen. Und wenn wir auch nicht alles erzählten, so jedenfalls sehr viel. Und wir suchten die Punkte, wo wir gleich waren und gingen schnell über die hinweg, wo wir verschieden waren. Und dazwischen berührten wir uns mit den Händen und lachten uns an. Aber eine merkwürdige und unausgesprochene Scheu hielt uns davon ab, uns noch einmal gegeneinander zu werfen. Und als Katja schließlich ging, verabschiedete ich sie mit nichts als einem kleinen Kuss, den man schon fast unschuldig nennen könnte.

Das fiel mir leicht, denn ich wusste, sie würde wiederkommen.

Und sie kam. Schon am nächsten Morgen, als ich von der Nachtschicht nach Hause kam, Katja fehlte noch immer bei der Arbeit, saß sie auf meiner Schwelle. ‚Ich konnte nicht schlafen‘, sagte sie.

Und ich sagte nichts, sondern führte sie einfach hinein. Und während wir vor ein paar Stunden mit den Gesichtern ineinander gefallen waren, so fielen wir jetzt mit den ganzen Körpern ineinander und übereinander her. Ich weiß nicht, ob wieder Ufos auf dem Bild leuchteten, aber das Bett krachte und schüttelte sich, wie in der Nacht zuvor.

12

Wie seltsam war dann aber der Morgen "danach"!

Laura war heraufgekommen und saß neben Katja. Laura, wieder einmal in fließendem Pastell-Chiffon, diesmal in hellen Blau- und Grau-Tönen, gemischt mit einem Hauch von Beige, die Augen aufgerissen und hellblau, mit diesem Ausdruck von Staunen, der mich an ihr immer so rührt. Und Katja, in Jeans und schwarzem Leibchen, aus dem ihre kleinen Brüste hervorstachen. Ihr Haselnusshaar fiel ihr ungekämmt auf die Schultern und ihre Honigaugen waren leicht dumpf, versunken noch in die Abenteuerreisen der Nacht. Und ich gegenüber, ein Mann, der nicht wusste, wie ihm geschah, voller Freude und halb erschrocken. Dabei war diese Begegnung reibungslos verlaufen und Laura und Katja hatten sich begrüßt wie alte Bekannte, die sich als Selbstverständlichkeit hinnehmen und nicht besonders neugierig aufeinander sind.

Sie gaben sich beschäftigt mit ihren Kaffeetassen, Laura, der kleine, bunte Vogel kleine Schlucke nippend, Katja gedankenversunken rührend. Sie würde noch das letzte Silber von meinen geerbten, versilberten Kaffeelöffeln schaben, wenn sie so weitermachte. Aber dann hörte sie plötzlich auf, etwas wie ein Ruck ging durch ihren Körper und ihre Augen wurden blank. Sie setzte sich gerade, streckte den Rücken und wurde nun wieder zur starken, kompetenten Katja, wie ich sie von der Universität und von der Tankstelle kannte: Die Frau, die den Überblick hat und sich nichts bieten lässt.

‚Ich habe von Ihrer Begegnung gehört', sagte sie nun und wendete sich gegen Laura, ‚ich würde gerne mehr darüber wissen.'

‚Sagt Euch doch um Gottes Willen Du', rief ich dazwischen. Und Laura murmelte: ‚Selbstverständlich.' Und dann wandte sie sich an Katja und ein Schatten glitt über ihr Gesicht und sie sagte: ‚Ist es nicht unglaublich?'

‚Schon', antwortete Katja sanft, ‚aber es gibt nun halt einmal unglaubliche Dinge.' Und Laura fing an, glücklich zu lächeln und ein seltsames Leuchten erschien in ihren Augen.

‚Ja', seufzte sie, ‚es ist unglaublich – unglaublich schön.'

Und dann wusste keiner von uns mehr etwas zu sagen. Ich dachte an die vergangene Nacht und was daran so schön gewesen war. Dieses präzise Zusammengehen unserer Körper, diese unausgesprochenen Antworten, die kamen, noch bevor gefragt wurde, diese Sehnsucht, die alles zerreißt auch wenn der Gegenstand der Sehnsucht doch so nahe ist, das Vergessen, dass es Probleme gibt und Verständigungsschwierigkeiten und Missverständnisse. Hatte ich mich schon je in meinem Leben so gut gefühlt? Nein. Hatte ich schon je vergessen, darüber nachzudenken, ob das, was ich gerade tue, vielleicht falsch wäre? Nein. Diese einfache Selbstverständlichkeit hatte ich in dieser Nacht zum ersten Mal kennen gelernt und ich würde darum kämpfen, sie mir zu erhalten, das spürte ich.

Auch Laura schien in Gedanken noch einmal ihre Erinnerungen zu kosten. Jedenfalls saß sie da, blickte ins Leere und ihr Gesichtsausdruck wechselte zwischen einem leichten Lächeln, das an die Gioconda erinnerte, und ernster Konzentration, in der sie fast böse und ziemlich alt wirkte. Katja war wieder in ihre Versenkung verfallen und ihre Augen schimmerten in der Farbe von dunklem Bernstein. Wieder sah ich den leichten Hauch von Grau unter ihren Wimpern. Vielleicht war sie einfach müde und dachte gar nichts Besonderes? Viel geschlafen hatten wir tatsächlich nicht.

Ich wollte gerade das Gespräch auf die Tanzkarriere von Laura lenken um die stille Runde ein bisschen zu beleben, als mir ein leises Sirren auffiel. Ich nahm es zuerst kaum wahr, und dann war mein erster Gedanke, dass es in meinem Ohr sei. Wie sagten wir doch als Kinder, wenn es in den Ohren läutete: Im Rechten ist es was Schlechtes. Aber es war nicht im Ohr und es verstärkte sich und nun sah ich, dass auch die Frauen aufmerkten und einen wachen und prüfenden Ausdruck aufsetzten. Der Ton schwoll an und Katja suchte meinen Blick und irgend etwas weitete ihre Augen, ich weiß nicht war es Staunen oder Schreck. Der Ton wurde lauter und lauter, fast unangenehm, und jetzt fingen die Tassen, in Resonanz versetzt, an, auf dem Tisch zu vibrieren und dann zitterte auch der Tisch, auf dem meine rechte Hand lag und schließlich hatte ich das Gefühl, dass es auch meinen Stuhl und vielleicht das ganze Haus leicht schütteln würde.

Katjas Mund hatte sich geöffnet. Ihr Gesicht zeigte den Ausdruck von Anstrengung und Konzentration. Merkwürdigerweise schien niemand Angst zu haben, aber keiner von uns war mehr fähig, sich zu rühren oder einen Ton zu sagen.

Dann brach der Ton ab und hinterließ eine Leere und Stille, die fast schrecklich schienen. Laura sprang auf. ‚Das ist er', rief sie und rannte davon. Und Katja, deren Gesicht jetzt wieder ganz entspannt und natürlich wirkte, sagte nüchtern: ‚Ein Erdbeben.' Sie griff nach ihrer Kaffeetasse und trank, als ob nichts gewesen wäre.

Ich aber saß erschlagen da und wusste nicht, ob ich jetzt das Gleiche erlebt hatte wie sie oder nicht. Und dieser Gedanke war es, der mir, mehr als das Schütteln, einen Schrecken einjagte, der sehr viel grösser war, als mir lieb war.

13

Als wir uns in dieser Nacht bei der Arbeit trafen, verhielt sich Katja so, als ob nichts zwischen uns vorgefallen wäre. Sie war sehr freundlich, das war sie auch früher immer gewesen, aber mir schien auch, als ob sie bewusst eine gewisse Distanz zwischen uns schieben wollte, als ob ihr alles zu nahe gegangen wäre, was gewesen war. Ich bat sie zum Kaffee, als die Schicht zu Ende war. Sie zierte sich, aber nur sehr kurz.

‚Pass auf', sagte sie, und wieder hörte sie nicht auf, mit dem Löffel auf dem Grund der Tasse Kreise zu ziehen, aber diesmal war es ja nicht mein Silber. ‚Du musst nicht denken, dass irgend etwas falsch war gestern Nacht. Im Gegenteil, es war... wunderbar.' Kurze, nachdenkliche Pause. ‚Aber ich...' Sie schwieg wieder und trank Kaffee und es kam mir so vor, als ob ihr Schluck nicht enden wollte. ‚Ich möchte, ich muss, meine Freiheit behalten, ich fühle es.' Und als sie sah, dass ich offenbar sehr verletzt und niedergeschlagen dreinschaute, sagte sie: ‚Du warst so schwach und seltsam, als ich Dich an der Bushaltestelle antraf, darum ist es passiert. Eigentlich ohne dass ich es wollte.'

‚Du wolltest es nicht.' Das war keine Frage.

‚Für mich ist das alles auch sehr schwierig.' Es klang trotzig. Ich sah plötzlich, wie in Zeitlupe, einen der Gäste zum Zeitungsständer gehen und sich eine Zeitung holen. Ich sah seine Hose und sein Hemd mit den Knöpfen daran, ich sah sein teigiges, übernächtigtes Gesicht mit den Bartstoppeln und die Augen, leer wie übriggebliebene Pfützen nach einem Sommerregen, wenn der Boden sofort wieder trocken wird. Und ich nahm jedes Detail dieser Erscheinung auf und sie prägte sich mir ein, obwohl sie mich rein gar nichts anging, während Katja mir doch sagte, dass sie mich nicht wollte und ich eigentlich hätte schreien müssen oder den

Tisch umwerfen oder sie packen und küssen und vom Gegenteil überzeugen. Vom Gegenteil des Gegenteils. Aber es hatte keinen Sinn. "Welch dunkle Macht, sich ihrer Grausamkeit bewusst, verkehrte Lohn und Wonne in Verlust? Wer hat die Frucht, bevor sie reif, gebrochen?" Ich sah sie an, meine kurzfristige Geliebte, ihre Honigaugen, ihr Gesicht, das sich hinter ihrem Ernst versteckte, ich sah ihren Körper, wie ich ihn noch vor kurzem zwischen meinen Händen gehalten hatte und ich wusste mit absoluter Gewissheit, dass alles nicht wahr sein konnte. Sie konnte es nicht meinen, sie meinte es nicht, sie wusste es einfach noch nicht.

Ich blieb ganz ruhig. ‚Katja', sagte ich, ‚lass uns nichts übereilen. Lass uns Freunde bleiben.' – Einfach so, wie Du es willst. Lass es offen, zerbrich nichts! Aber das sagte ich wohlweislich nicht. Ich weiß gar nicht, woher mir die Geistesgegenwart kam und die Kontrolle über meine Rede, wobei doch mein Herz so schmerzte, dass ich nicht wusste, ob es nicht brach und ich nicht nächstens, vom Infarkt getroffen, unter den Tisch sinken würde. Aber ich spürte, dass ich gerade jetzt keine Zeit zum Sterben hatte. Irgend etwas in mir wusste, dass die Situation zu ernst war, um jetzt schlapp zu machen, dass ich jetzt alles verlor, wenn ich nur die kleinste Bewegung in der falschen Richtung machen würde. ‚Ich bin einverstanden zu vergessen, was war', log ich, ‚aber ich möchte Dich nicht aus meinem Leben verschwinden sehen. Ganz abgesehen davon: Du wolltest doch auch noch mit Laura reden, wir sind ja gar nicht dazugekommen, das letzte Mal.'

Katja saß gedankenverloren wie in Trance und blickte auf den Tisch. Entweder war sie müde oder der Augenblick des Sirrens und Schüttelns hatte sie wieder eingeholt und gelähmt. Dann nickte sie stumm. Sie war einverstanden.

Wir saßen noch, ohne zu reden. Und ich spürte, wie

die Müdigkeit nun auch mich ergriff, die Knochen hochstieg, in den Muskeln zu kitzeln anfing. Aber ich wollte nicht aufstehen, ich wollte den Augenblick des Zusammenseins nicht durchbrechen. Doch während wir stumm einander gegenüber saßen, in diesem Café mit den scheußlichen Clownbildern an den Wänden, während um uns hastig Espressos geschlürft und Schinkenbrötchen verzerrt und verzehrt wurden, während aus den Lautsprechern die Fünfuhr-Nachrichten rieselten und draußen die Vögel zu schreien anfingen, dehnte sich so etwas wie ein stiller Raum um uns aus und ich fühlte Katja aus ihrem Körper und zu mir kommen. Ich spürte, wie sehr sie an einem mir unbekannten Leid litt und ich fühlte, wie sehr sie Schutz und Heilung suchte. Und ich gelobte ihr in Gedanken, sie zu beschützen und zu verteidigen, selbst wenn ich nicht wusste, vor was. Und was das Merkwürdige an der Situation war: Ich fühlte zum ersten Mal in meinem Leben, dass ich das, was ich mir vorgenommen hatte, auch tun würde.

Wir verabredeten uns für das nächste Wochenende, wo wir beide dienstfrei hatten und ich versprach, auch Laura zu den Spaghetti einzuladen, die ich kochen wollte. Katja erlaubte mir zwei kleine Küsse auf die Wangen, das heißt, sie selber näherte sich mit ihrem Gesicht, aber vorsichtig an meinen Lippen vorbei zur Seite zielend. Ich drückte sie kurz und liebte ihre Schwäche und Wärme. Und dann trennten wir uns.

Als ich im Bett lag, hatte ich ein Körpergefühl wie noch nie zuvor. Ich lag fest und weich in meiner Matratze, aber meine Arme und Beine schienen zu zerfließen, was außerordentlich angenehm war. Ich war so leicht und so schwer wie noch nie in meinem Leben. Und ich war so müde, dass ich alles ohne Frage und Skepsis geschehen ließ. Und dann sah ich plötzlich eine helle Figur in meinem Zimmer stehen und ich wusste, dass es Myagio war. Merkwürdigerweise erschrak ich nicht. Ich sah ihn einfach an, das merkwürdige Flimmern, das seine Konturen in einem seltsamen Licht verschwimmen ließ. Eine große Freundlichkeit ging von ihm aus. Es war ein sehr seltsames Gefühl. Ich wusste um seine Bewusstheit. Ich fühlte, dass er alles von mir fühlte. Und dass er alles akzeptierte, was in mir war. Und es kam eine solche Erleichterung über mich, dass ich zu weinen anfing. Ich schluchzte und heulte und war doch nichts anderes als glücklich. Schließlich schlief ich ein. Und als ich am Morgen erwachte, wusste ich nicht, ob ich halluziniert hatte und ob ich einfach aus Erschöpfung zusammengebrochen war. Aber da war noch tagelang dieses Gefühl von Akzeptiertsein und von Glück.

14

Auf dem Weg zur Nachtschicht geschah es dann. Ich ging durch den Park. Es war bereits dunkle Nacht. Nur wenige Leute waren noch unterwegs. Ich dachte nichts Besonderes. Ich war wohl etwas müde, weil ich am Nachmittag komplizierte Gespräche mit Laura geführt hatte.

Irgend etwas zog meinen Blick nach oben und da hing es. Zuerst dachte ich, es sei irgend etwas, etwas Normales halt, ein Lichtkörper, der auf irgend eine erklärliche Weise zwischen, oder vielmehr ein wenig über die Bäume gelangt war. Ich blieb stehen und schaute genauer hin. Der Mann, der vor mir ging, schien nichts zu bemerken. Dann bewegte sich das Licht leicht nach rechts und ich folgte ihm auf den Rasen, durch die Büsche hindurch, um es besser sehen zu können. Es schien anzuschwellen und mit ihm meine Erwartung. Eine ganz merkwürdige Spannung hatte mich ergriffen und ich war nicht fähig, zu wählen, in welche Richtung ich meinen Blick lenkte.

Es war rot und weiß und wechselte zwischendurch immer wieder zu blau. Es war ein schwebendes Licht von enormer Größe, ohne feste Umrisse. Es schien ohne Grund und Absicht über dem Park zu schweben. Ich beobachtete es und es gelang mir, zu registrieren, dass die Geräusche der Stadt normal schienen. Ich erinnere mich deutlich an das Geräusch eines Trams und an eine Autohupe. Viel war ja nicht los vor elf Uhr nachts in unserer kleinen Stadt.

Dann sah ich plötzlich, wie sich mehrere, es müssen wohl fünf gewesen sein, kleinere Lichter vom großen Licht abtrennten. Sie waren ebenfalls aus Licht, waren aber im gesamten röter gefärbt und wechselten ihre Farbe nicht weniger häufig. Auch schienen sie deutlicher geformt zu sein, jedenfalls glaubte ich, klare Umrisse in Linsenform wahrnehmen zu können. Sie schwebten herunter, zwischen die Bäume, blieben aber etwa auf mittlerer Höhe der Baumkronen. Diese hatten noch ihre Blätter, so dass die Dinger meinem Blick entzogen wurden, wenn sie hinter den Bäumen verschwanden. Weil ich aber auf die große Wiese des Parks getreten war, konnte ich relativ viel von ihnen sehen. Sie schwebten ein paarmal um die verschiedenen Bäume herum, so als ob sie etwas suchten. Und so blöd es auch tönen mag, ich hatte das Gefühl, sie suchten mich. Ich stand wie erstarrt und ohne Angst, mehr aus Verblüffung gelähmt. Und da versammelten sich die Lichter über der Wiese und fingen an, in einer Art von Ringelreihen zu kreisen, indem immer eines zum Platz des anderen flog, in einer langsamen, leicht schaukelnden Bewegung und dessen Platz einnahm, während das ersetzte Licht davonflog. Es wirkte alles sehr ruhig, feierlich und ausgesprochen graziös. Irgend einmal sah ich mich um, ob sonst noch jemand zuguckte, aber ich konnte weit und breit keine anderen Leute entdecken.

Der Tanz schien eine ganze Weile fortzudauern, dann erschien plötzlich das große, blauere Licht über der Wiese. Die kleinen Lichter flogen darauf zu und verschwanden darin. Es sah aus wie eine Glucke, die ihre Küken unter die Flügel nimmt und es ging alles ebenso schnell, wie wenn es Küken gewesen wären. Das große Licht stand nun ganz still über der Wiese. Es hatte einen Durchmesser von mehreren Metern, aber so genau weiß ich das nicht. Aber als es sich nun senkte und herunterkam, deckte es mein ganzes Blickfeld ab. Ich hörte ein Sirren und verspürte eine merkwürdige und sehr unangenehme Vibration, die aus mir selber zu kommen schien. Ich begann mich zu fürchten. Aber als ob es das spüren würde, hob sich das Licht und die Vibration wurde erträglicher. Und dann verhielt sich das Licht so ungewöhnlich, dass ich noch heute erschrocken darüber bin: Es hatte sich bisher ganz langsam und sanft bewegt, aber nun sprang es mit einer enormen Heftigkeit in zwei Stücke und ein Blitz löste sich und erhellte den Park. Und dann stoben die zwei Stücke davon, wobei sie zick-zack hin und her fuhren und Haken schlugen wie zwei Hasen. Sie fuhren wild gegen den Himmel und verschwanden schließlich in der Nacht.

Ich war so erschüttert, dass ich nicht zur Arbeit gehen konnte. Ich lag auf meinem Bett und überlegte, was das alles sollte. Ich fühlte mich blöd bei dem Gedanken, dass dieses Lichterspiel mir gegolten haben könnte und doch konnte ich das Gefühl nicht loswerden, dass es genau so sei. Die Erinnerung an die tanzenden Lichter machte mich glücklich. Es schien mir wie ein Zeichen, dass alles gut und in Ordnung sei. Das abrupte Ende der Vorstellung aber, das Zerbrechen des großen Lichtes und das Hakenschlagen schienen mir, wie eine Aufforderung. Und plötzlich überkam mich eine ganz enorme Lust, ebenfalls in die Luft zu gehen, mich in Stücke zu reißen und einen Haken zu schlagen. Und das Gefühl verstärkte sich, als ich am Morgen die Zeitung las."

15

Berichte über seltsame Erscheinungen gibt es wie Sand am Meer. Aber handelt es sich um mehr als um Halluzinationen? Hanjos Hinweis auf die Zeitung machte mich neugierig. Endlich hatte ich die Möglichkeit, konkret zu überprüfen, was es mit diesem Fall auf sich hatte. Ich beschloss, ein bisschen Forschung zu betreiben. Bei nächster Gelegenheit reiste ich in die kleine Stadt im Norden, in der Hanjo studierte und suchte das Archiv der Zeitung auf. Offenbar war man sich dort solche Besuche aber nicht gewohnt. Die Empfangsdame verdrehte entsetzt die Augen und telefonierte aufgescheucht umher, bis sich schließlich jemand fand, der Bescheid wusste. Eine freundliche, mittelalterliche Dame führte mich durch düstere Gänge, fragte mich nach dem gewünschten Datum und bat mich schließlich, in einem dunklen Raum voller Regale Platz zu nehmen. Ich fühlte mich in die Vergangenheit oder in eine Geschichte von Kafka versetzt. Die Dame rumorte hinten im Raum und ich zündete bereits die Leselampe an, die auf dem Tisch vor mir stand. Meine Lichtinsel hob sich angenehm vom staubigen Dämmer des Raumes ab. Alles wirkte schäbig und schmuddelig. Hier gab es noch keine Computer und Mikrofichen. Die Geschichte war in brüchigem Papier aufbewahrt und gab einen seltsamen Geruch von sich. Ich fühlte mich nicht sehr wohl. Aber als dann meine Zeitungen kamen, vergaß ich alles.

Die Zeitungen waren wochenweise gebündelt. Ich suchte den Donnerstag der entsprechenden Woche. Seltsam wie veraltet die Nachrichten auf den Frontseiten erschienen! Dann im Lokalteil eine kleine Überschrift und folgende Meldung:

Ufos über unserer Stadt.

‚Bei der Polizei liefen gestern Nacht mehrere Meldungen ein, wonach gegen elf Uhr merkwürdige Lichterscheinungen über unserer Stadt zu sehen waren. Streifenwagen wurden an den Tatort beordert, konnten aber auch nicht feststellen, was der Hintergrund dieses seltsamen Phänomens war. Auch unsere Redaktion erhielt mehrere Anrufe von Zeugen. Wir werden Ihnen Näheres in unserer nächsten Ausgabe berichten.'

Das war nun nicht gerade aufschlussreich, außer dass es bewies, das Hanjo nicht der einzige war, der etwas gesehen hatte. Die Freitags-Ausgabe ging, entgegen der Versprechung, nicht auf das Thema ein, dafür war ihm aber die Wochenendbeilage am Samstag gewidmet.

Der Artikel zog sich über drei illustrierte Seiten hin, wobei die Fotos aus Archiven stammten und mit Legenden versehen waren, die ihre Glaubwürdigkeit in Zweifel zogen. Dann kamen Interviews mit Zeugen, die am Donnerstag die seltsamen Erscheinungen am Himmel beobachtet haben, oder "beobachtet zu haben, behaupten" wie der Journalist es formulierte. Aus den vielen Anrufen, die Polizei und die Zeitung erhalten hatten, waren neun Personen ausgewählt worden, aus verschiedenen Stadtteilen, Personen beiderlei Geschlechts und verschiedenen Alters. Und alle hatten sie etwas Verschiedenes gesehen.

Dass es eine Lichterscheinung gab, darüber waren sie sich alle einig. Aber damit hatte es sich auch schon. Drei sahen ganz deutlich ein linsenförmiges Raumschiff mit Lichtkuppel. Die Aufteilung und Verschmelzung der Lichter, wie Hanjo es berichtet hatte, beobachteten vier, aber keiner von ihnen erzählte etwas von diesem sanftmütigen Tanz, der unseren Freund so beeindruckt und berührt hatte. Gehört hatten nur zwei etwas, die andern lebten an lärmigen Straßen. Und auf die Frage, wie sie sich das Phänomen erklärten, sagten fünf der Befragten, sie hätten keine Ahnung, aber sie seien sehr beeindruckt von ihrer Beobachtung. Zwei waren sicher, dass es sich um Wetterballons oder etwas Ähnliches, leicht Erklärbares gehandelt habe. Die restlichen Zwei nahmen an, dass es sich um einen Besuch von Extraterrestrischen gehandelt habe. Sie bekannten sich als Ufogläubige der ersten Stunde und erwarteten in nächster Zukunft eine Landung von Venusiern, die sie in eine bessere Welt ohne Umweltverschmutzung und Atomgefahr bringen sollten.

Dann kamen die Meinungen der Fachleute:

Der Flughafen meldete keine besonderen Vorkommnisse auf dem Radar des Towers, wobei man allerdings wissen muss, dass der Radar so programmiert ist, dass alles weggefiltert wird, was nicht über einen bestimmten Code verfügt. Der Polizei war alles unerklärlich. Nur ein einfacher Wachmeister in einem Außenquartier gab zu, etwas Außergewöhnliches gesehen zu haben. Die andern gaben zu Protokoll, dass der Himmel hell war, als sie auf Grund von Telefonanrufen nach draußen eilten, aber dass das wohl nicht unbedingt ungewöhnlich sei. Ein Universitätsprofessor sagte, dass Leben auf anderen Sternen durchaus als Möglichkeit zu betrachten sei, dass er aber daran zweifle, dass sie diese Bewohner des Weltalls gerade für diese Stadt interessieren könnten. Ein Psychologe sprach von der Sehnsucht der Menschen nach Jenseits und Rettung. Ein Psychiater wies darauf hin, dass Erscheinungen und Halluzinationen zum Krankheitsbild gewisser Psychosen gehöre. Und die Armee war sicher, dass da nichts war und die Sicherheit des Landes zu keiner Zeit gefährdet gewesen war.

Einmal mehr also hatten die Theoretiker das Wort und waren in guten Treuen davon überzeugt, dass "nicht sein kann was nicht sein darf". Und einmal mehr wussten die, die nichts gesehen hatten, alles besser, als die, die dabei gewesen waren. Die Zeugen wirkten im Einzelfall zwar tatsächlich nicht sehr überzeugend. Aber niemand unter den selbstbewussten Journalisten und Fachleuten stellte sich die Frage, was so viele Menschen genügend erregte, um sie spätabends dazu zu bewegen, nach dem Telefon zu greifen.

Ich schloss das Zeitungsbündel. Die muffige

Atmosphäre des Raumes war als Stimmung in mich gekrochen. Vor mir schwebten noch die vergilbten Bilder unscharfer Flugkörper, die im Grau des Druckrasters verschwammen. Warum gab es keine anständigen Bilder? Warum blieb alles so unscharf? Missmutig stand ich auf und rückte den Stuhl wohl etwas laut zurück. Die freundliche Dame sah mich erstaunt an.

"Sie interessieren sich für Ufos?" fragte sie unvermittelt?

"Wie kommen Sie darauf?"

Sie lachte: "Das ist fast der einzige Band, der hier je verlangt wird, abgesehen natürlich von den Studenten, die irgend eine Arbeit schreiben müssen. Ich weiß was in jener Woche in dieser Stadt geschah."

Ich sah sie erstaunt an. In ihren Augen hatte es etwas Seltsames, das ich nicht benennen konnte. Sie nahm den Zeitungsband vom Tisch. Ich seufzte:

"Und immer ist man so klug als wie zuvor."

"Sicher?" fragte sie und ein ungläubiger Blick traf mich. Als ob ich etwas wüsste und es bewusst verschwiege. Ich fühlte mich schuldig und ohnmächtig zugleich. Eben wollte ich auf irgend eine diffuse Weise gegen dieses Gefühl protestieren, als sie sagte:

"Sie sollten Budd Hopkins lesen."

"Budd was?" Dabei hatte ich ganz genau verstanden.

Sie lächelte, als ob sie mich durchschaut hätte. "Budd Hopkins", wiederholte sie, geduldig, wie zu einem Kind.

Als ich am Abend nach Hause kam, lag ein

Paket im Milchkasten. Darin ein Brieflein von Frau X. "Ich dachte, Sie sollten Budd Hopkins lesen", schrieb sie. "Und ich kann nur hoffen, dass Sie mich nicht für aufdringlich halten. Aber Sie verzeihen wohl einer alten Frau, die gelernt hat, ihren Intuitionen zu folgen."

Ich wickelte das Buch aus.

"Eindringlinge" hieß es, "Intruders".

Tatsächlich: Irgend etwas Unheimliches begann in mein Leben einzudringen.

16

Ein Mensch stellt eine Behauptung auf. Sie ist entweder wahr oder falsch. Wenn es falsch ist, hat die Person gelogen oder aber sich irgendwie getäuscht. Wenn Hunderte von Menschen, unabhängig voneinander, Gleiches oder Ähnliches berichten, ist die Wahrscheinlichkeit, dass sie vorsätzlich lügen, klein. Entweder sagen sie die Wahrheit oder, falls es nicht die Wahrheit ist, sind sie alle einem ähnlichen Irrtum oder der gleichen Täuschung zum Opfer gefallen.

Alles begann 1961. Betty und Barney Hill behaupteten, von einem Ufo entführt worden zu sein. Und seitdem mehren sich die Geschichten von Menschen, die behaupten, ein ähnliches Schicksal erlitten zu haben. Sie sehen ein Licht oder ein Ufo, gehen, magisch davon angezogen, freiwillig darauf zu oder fühlen sich gelähmt und schwebend gegen ihren Willen wegtransportiert. Und ein paar Stunden später finden sie sich wieder, am gleichen Ort oder etwas entfernt, verstört, erschrocken, nicht wissend, was in der fehlenden Zeit mit ihnen passiert ist. Sie haben in der Folge schreckliche Träume, entwickeln Ängste und Phobien und fühlen sich ausgegrenzt, weil niemand, am wenigsten sie selber verstehen, was mit ihnen los ist.

Wenige können sich spontan erinnern, was geschah, aber es ist wichtig, zu vermerken, dass es Fälle gibt, die Wissen und klare Erinnerungen zurückbringen. Typisch für die meisten Betroffenen ist aber eine Gedächtnislücke, ein dumpfes Ahnen, ohne zu wissen, was tatsächlich geschah, was ihre Qual erhöht. Psychologische Untersuchungen deuten auf Stress und Symptome, wie sie von Opfern krimineller Gewalt bekannt sind, wobei nachgewiesen ist, dass diese Menschen weder psychotisch noch sonst psychologisch auffällig sind. Sie stammen aus allen sozialen Schichten und sind durchschnittlich erfolgreich in Beruf und Privatleben. Nichts unterscheidet sie also von der Allgemeinheit, als vielleicht eine etwas gesteigerte Sensibilität und die Verunsicherung durch ihr Erlebnis.

Schon im Entführungsfall Hill wendeten die Psychiater Hypnose an, um das Geheimnis zu lüften, das sich hinter der Gedächtnislücke versteckt. Und die hypnotische Rückführung ist die Methode die auch heute noch angewendet wird.

Budd Hopkins hat Hunderte von Entführungsopfern befragt und viele von ihnen, mit Hilfe von Ärzten, Psychiatern und Psychologen gründlich untersucht und dabei festgestellt, dass ihre Erzählungen in Details übereinstimmen, die bisher noch nirgends veröffentlicht worden waren. Er schließt daraus: "...dass Berichte über Entführungen durch Ufos wegen ihres ähnlichen Inhalts und ihrer Übereinstimmung in vielen Einzelheiten aus einem von zwei Gründen akzeptiert werden müssen: Entweder sind sie das Ergebnis eines neuen, bis heute nicht erkannten und nahezu weltweit verbreiteten psychologischen Phänomens – oder sie sind der ehrliche Versuch, tatsächlich Ereignisse wiederzugeben. Keiner von uns weiß, was das Ufo-Phänomen wirklich ist und worum es letzten Endes dabei geht. Doch solange wir keine befriedigenden Antworten haben, müssen wir uns zumindest die Fragen stellen."

Was erlebten die Menschen, die behaupten, entführt worden zu sein?

Sie finden sich in einem hellen Raum ohne feststellbare Lichtquellen. Sie liegen bewegungslos auf einem Tisch und werden medizinisch untersucht, wobei sich jeweils die Untersuchungen und eingeführten Sonden mehrheitlich auf den Kopf- und Genitalbereich beziehen. Die Untersuchungen werden zum Teil als äußerst schmerzhaft beschrieben. Die Täter sind seltsame Wesen in der Größe von zwölfjährigen Kindern mit großen Köpfen. Ihre Haut ist grauweiß, ihre Augen riesig, spitz zulaufend und vollständig schwarz. Sie haben winzige Nasen, keine Ohren und lippenlose Münder wie Schlitze. Sie kommunizieren mit Gedankenübertragung. Kleinen Kindern versprechen sie jeweils, ihnen nicht weh zu tun und auch Erwachsene können sie offensichtlich komplett ruhig stellen.

Die Erzählungen stimmen darin überein, dass ein genetisches Programm im Gange ist. Frauen werden künstlich befruchtet, sie sind drei Monate lang nachgewiesenerweise schwanger, im vierten Monat wird ihnen der Fötus entnommen, die Schwangerschaft löst sich, zur Verwunderung der Ärzte, in nichts auf. Später werden ihnen Babys und kleine Kinder gezeigt, die sie als ihre erkennen. Den Männern werden Spermaproben abgenommen, manche werden zum Geschlechtsverkehr mit seltsamen, weiblichen Wesen gezwungen. Alles findet in einer klinischen Atmosphäre statt und hat nichts mit lustvoller Erotik zu tun.

Fast alle Opfer sind mehrere Male entführt worden, zum ersten Mal bereits als Kinder. Oft sind mehrere Generationen einer Familie betroffen, aber auch Ehemänner, Nachbarn und Freunde. Und jedes Mal sind es persönliche Tragödien. Hopkins schreibt: "Ich kann den Schmerz nicht angemessen schildern, nicht ansatzweise die totale Verwirrung wiedergeben, die aus den Aussagen vieler verschiedener Menschen spricht, deren Berichte einander im Grunde recht ähnlich sind."

Es gibt physische Zeichen, die für die Wahrheit des Erzählen sprechen: Schnittförmige oder runde Narben, die auf die Entnahme von Gewebsproben deuten. Manche Opfer scheinen Verbrennungen und leichte Strahlenschäden zu erleiden. Spontanes Nasen- und Ohrenbluten tritt auf. Aber auch in der Natur bleiben Schäden zurück. Der Rasen im Garten eines Opfers war an einer Stelle wie verbrannt und zerfiel innerhalb von drei Tagen zu Staub. Die Erde darunter schien wie mit großer Hitze gebacken. Büsche starben ab, Tiere mieden den Ort. Die Stelle war auch ein Jahr später noch vollständig kahl. An anderen Orten wurde ebenfalls von großer Hitzeeinwirkung am Boden berichtet und von veränderten Chlorophyllwerten der Pflanzen in der Umgebung.

So viel zu den gemeinsamen Mustern. Andere Quellen berichten aber durchaus auch Abweichendes. So werden auch Riesen gesichtet, Gnomen und seltsame Pelzwesen. Den weißhäutigen, kleinen Wesen werden teils Augen mit Pupillen, teils ganz schwarze, fast flüssig wirkende Insektenaugen zugeschrieben. Mal sollen sie vier, mal fünf Finger haben. Auch treten sie in verschiedenen Overalls auf und manchmal auch behelmt.

Nicht alle Zeugen empfinden ihre Entführung als schrecklich. Manche erleben Fahrten ins All. Ihnen werden andere Welten gezeigt und sie erhalten Botschaften, die sie auf die Erde zurückbringen und die uns vor Übervölkerung und Naturzerstörung warnen. Diese Menschen fühlen sich als Auserwählte einer überlegenen Wächter-Gemeinschaft und genießen damit einen besonderen Status.

17

Was erschütterte mich so sehr an diesen verschiedenen Berichten?

Während ich las, am Anfang in der absoluten Sicherheit, dass es sich nur um Unsinn handeln könne, schlich sich mehr und mehr Beklommenheit bei mir ein. Wenn nur ein Teil von diesen Informationen stimmte, bedeutete es, dass es da irgendwelche Mächte gab, die sich kräftig in das Leben von uns Menschen einmischten. Wo blieb dann aber unsere gesetzlich garantierte Freiheit? Dass diese Mächte manipulierten, Menschen mit unbekannten Wesen kreuzten wie Kaninchenzüchter, das erschien mir so krank und empörend, dass ich wirklich nichts davon wissen wollte. Aber falls es die Wahrheit ist? An meinem Horizont zog Paranoia auf. Was lauerte auf mich in den nächsten Stunden, hinter der nächsten Ecke?

Kreisrunde Narben wurden beschrieben und waren fotografisch dokumentiert. Ich betrachtete die sauberen Kanten, die Regelmäßigkeit der Rundung. Es sah aus wie ausgestanzt und merkwürdigerweise fühlte ich an meinem Mittelfinger genau, wie es sich anfühlt, wenn man in die Vertiefung einer solche Narbe fährt. Doch eine nebelartige Dumpfheit deckte dieses Gefühl mehrere Tage lang gnädig zu. Dann eines Morgens erwachte ich und die Erkenntnis traf mich wie ein Blitz: Ich selber hatte eine solche Narbe auf dem Rücken, eine deutlich spürbare, kreisrunde Vertiefung in der Nähe des Rückgrats, eine Handbreit über der Taille!

Das Grauen griff mit eiskalten Knochenfingern nach mir. Hatten mir die Fremden eine Gewebsprobe entnommen, als ich ein Kind war?

Ich erinnerte mich, dass ich meine Mutter vor Jahren nach dieser Narbe gefragt hatte. Sie wusste offensichtlich nicht Bescheid und sagte, das müsse wohl von den Windpocken übriggeblieben sein. Aber warum sollen diese nur gerade eine einzige Narbe zurückgelassen haben? Und warum an einer Stelle, wo es schwierig war, sich zu kratzen?

Eine wilde Welle von Gedankenfetzen, Erinnerungen und Überlegungen überflutete mich. Wurde nicht von Nasenimplantationen gesprochen, winzigen Einsätzen, die den Entführungs-Opfern während der Untersuchungen mit langen Nadeln eingeführt wurden? Eine Zeitschrift zeigte sogar Computertomographien, die solche sichtbar machten – aber vielleicht waren die Bilder ja gefälscht. Waren nicht einige der entführten Kinder mit starkem Nasenbluten aufgewacht? Und hatte ich nicht selbst als Kind häufig so starkes Nasenbluten, dass ich zum Arzt musste, der mir die entsprechenden Gefäße verätzte – und eine Ecke meines Nasenflügels dazu! War ich selber ein Entführungsopfer?

'Nun mal ruhig', versuchte ich, meine Aufregung in Schach zu halten. 'Vielleicht ist die Narbe wirklich von den Windpocken und Nasenbluten haben viele Kinder.' Aber plötzlich fühlte ich mich in der Lage einer Entführten, denn ich spürte diese ganze Ungewissheit, diesen Nebel des Vielleicht, das lauernde Entsetzen, dass es wahr sein könnte. Und das damit verbundene Gefühl des Ausgeliefertseins: 'Spinne ich, träume ich oder ist das alles die Wahrheit?' So müssen sie sich fühlen, diese Menschen, die etwas ahnen, etwas spüren, die von Alpträumen und Ängsten geplagt sind und nicht wissen.

Dann stieg eine Erinnerung vor mir auf. Ich

muss damals etwa sieben oder acht Jahre alt gewesen sein. Meine Freundin war ein Bauernmädchen und wir gingen eines Nachmittags in die große, düstere Scheune ihrer Eltern, um die Kaninchenställe zu misten. Plötzlich war es dunkler Abend. Ich kam zu spät zum Nachtessen und wurde bestraft: Ohne Essen ins Bett! (Später brachte mir mein lieber Bruder kalte, fettige Pfannkuchen, die aber herrlich schmeckten.) Selbstverständlich war das nicht das einzige Mal in meinem Leben, dass ich zu spät dran war. Aber normalerweise wusste ich es immer und war mir auch meiner Schuld bewusst. An jenem Abend aber war ich über mein Zuspätkommen erstaunter als meine Eltern. Und weder damals noch später begriff ich, wie schnell an jenem Nachmittag die Zeit vergangen war und warum ich, ohne es zu ahnen, den richtigen Augenblick zum Nachhausegehen verpasst hatte.

Diese Erinnerung deprimierte mich zutiefst. Ich verbrachte Tage ohne Energie und Unternehmungslust. Ich hatte das Gefühl vor einer dunklen Wand zu stehen und Angst und Verfolgungswahn drohten mich zu packen. Aus einem mir unbekannten Grund war ich tieftraurig. Aber ich wusste, dass „sie" mir, falls es "sie" gab, nichts angetan hatten. Denn ich hatte vor ein paar Jahren einmal spontan das Gesicht einer glatzköpfigen, schlitzäugigen Schönheit gezeichnet, von der ich wusste, dass sie eine "von Jenseits" war. Ihr Gesicht hatte nicht nur keine Verwunderung und keinen Schrecken in mir ausgelöst, sondern nur Liebe und Sehnsucht.

So dämmerte ich im Ungewissen, bis ich mich

endlich wieder aufraffte, und Hanjos Manuskript hervorkramte.

18

"Spaghetti-Essen mit Katja und Laura. Katja war in eine andere Schicht eingeteilt worden und so hatten wir uns in den letzten Tagen nicht mehr gesehen. Ich freute mich wie ein Tanzbär auf sie! Ich hatte die Wohnung aufgeräumt und geputzt und mich in Unkosten gestürzt und Sträuße aus weißen Chrysanthemen und Schleierkraut über die Räume verteilt. Mein Schreibtisch sah aus, wie der eines Managers: Alles entstaubt, Bücher in Reih und Glied aufgestellt und saubere Manuskriptseiten in einem ordentlichen und einigermaßen eindrucksvollen Häufchen aufgeschichtet. Und das war übrigens nicht getrickst: Ich hatte in den letzten drei Tagen meine verschiedenen Entwürfe durchgesehen und miteinander verknüpft und was dabei zusammenkam war gar nicht so wenig, sondern etwas, das man durchaus als kluge Analyse gelten lassen konnte. Jedenfalls hoffte ich, dass mein Professor das so sehen würde.

Katja wirkte erstaunt und etwas misstrauisch, aber sie ließ sich nichts anmerken. Sie trug wie gewöhnlich Jeans und ein dunkles T-Shirt, aber heute hatte sie eines mit einem beachtlichen V-Ausschnitt gewählt und mein Blick verfing sich immer wieder dort, wo sein Saum sich mit dem Schatten mischte, der zwischen den verborgenen Brüsten hervorkroch und mich in einen sehnsüchtigen Strudel nach Dunkelheit reißen wollte. Ihr Duft schwebte vor meiner Nase, selbst als sie weit entfernt von mir stand und ich glaube, ich war es, der ihn aus meiner eigenen Phantasie hervorsteigen ließ. Wie ich liebte sie in diesem Moment! Und wie ich mich zusammennahm, um mir nichts anmerken zu lassen.

‚Es gibt gleich was', sagte ich, als sie fragte, ob sie helfen könne, und: ‚Willst Du ein Glas Wein?' Sie wollte. Und dann läutete es auch schon an der Tür und auf mein Rufen trippelte Laura herein. Und heute hatte sie den Auftritt ihres Lebens! Sie trug ein halbdurchsichtiges Gewebe in schwarz, das aber blaugrün wie Vogelfedern glänzte. Und dieses geheimnisvolle Schillern floss an ihr herunter wie ein Wasserfall. Nur die Spitzen ihrer silbernen Schühlein waren noch sichtbar.

‚Laura, Du siehst ja großartig aus!' Katja und ich riefen es fast gleichzeitig. Und Laura machte ein paar Tanzschritte und drehte sich zwei, drei Mal um ihre eigene Achse, so wie es der Platz eben zuließ. Sie streckte die Arme in die Höhe und bewegte ihre Hände mit perfekter Grazie in einer Geste, die nach huldvollem Winken aussah. Unsere Verblüffung war total.

Und dann füllte ich die großen, schönen Weingläser, die ich aus Italien zurückgebracht hatte, mit einem dunkelsamtigen Wein und wir tranken uns stehend zu. Dabei lachten wir uns an und selbst Katja schien nun ihre Reserve fallen zu lassen. Laura aber strahlte eine Stärke aus, die ich bei ihr noch nie bemerkt hatte. Das verhutzelte Vogelkind wirkte heute wie ein Rabe, der herumstolzierte und genau wusste, was er wollte.

Wir setzten uns. Pesto, Käse und die Pfeffermühle standen bereits auf dem Tisch und ich holte nun die große Spaghettischüssel, die ich im Backofen warmgestellt hatte. Das große Stück Butter, das ich darauf gelegt hatte, war zerschmolzen und hatte in der Mitte eine glänzende Spur hinterlassen. Ich drehte und wendete mit zwei Löffeln noch einmal alles sorgfältig um, und jede einzelne Nudel überzog sich nun mit gelbem Butterglanz. Dann brachte ich die Schüssel zum Tisch. Und schon hantierten die beiden Frauen mit Gabel und Löffel, als ob sie in Italien aufgewachsen wären.

Das Gespräch begann mit Lobesworten auf Teigwaren und auf meine Sauce, mit einem Seitenschwenker auf das Problem des Knoblauchatems, aber es kam während des ersten Tellers nicht so richtig in Gang, weil wir alle mit Essen und Genießen beschäftigt waren. Laura nahm keinen zweiten Teller, aber Katja häufte noch einmal einen ganzen Berg Spaghetti vor sich auf und seufzte glücklich wie ein Kind und sagte, dass sie einfach nicht widerstehen könne. Aber noch bevor sie ganz aufgegessen hatte, stach mich der Teufel und ich sagte: ‚Unser letztes Treffen endete ja reichlich abrupt.'

Betretenes Schweigen. Ich konnte förmlich sehen, wie Katja sich zusammenzog und ihre professionelle Miene aufsetzte. Und Laura schien mir befangen, weil sie Katjas Hemmung spürte. Mir aber tat meine Intervention nicht leid, denn wir waren ja zusammengekommen, um über Lauras Erlebnisse zu reden, die inzwischen ja auch meine waren. Aber davon sagte ich nichts.

Laura blickte einen Moment abwesend, so, als ob sie irgendwo hin hören würde. Und dann sagte sie vermittelnd: ‚Ja, ja, diese Begegnungen mit dem Ungewöhnlichen lassen einen fassungslos.'

‚Ich hasse Erdbeben', sagte Katja.

‚Die Zeitung hat aber nichts von Erdbeben gebracht', stichelte ich.

Hört mal, Ihr wollt mich wohl von irgend etwas überzeugen?' Katja war nun fast böse.

‚Glaubst Du, dass ich verrückt bin?' Laura attackierte frontal.

Katja sagte: ‚Ich weiß es nicht.' Das war noch immer böse. Aber Laura schlug kräftig zurück:

‚Du bist hier doch der Profi, Du müsstest es wissen.' Und sie sah sehr stark und sehr bewusst und keineswegs verrückt aus.

Katja wurde nun ganz zur Hochschul-Psychologin:

‚Hört Leute, auf diese Weise kommen wir nicht weiter.'

Ja, aber wie denn?

‚Wie lange leben Sie schon allein? fragte Katja und verbesserte sich sofort: ‚Wie lange lebst Du schon allein?'

Laura ging darauf ein und erwiderte: ‚Fast zwölf Jahre.'

Katja fragte weiter, nach Familie, Freunden, Bezugspersonen, dem Fragebogen entlang, so wie es ihre Diplomarbeit vorschrieb. Und Laura machte mit und gab brav Antwort um Antwort. Ihr Leben wurde aufgerollt, wie ein alter Teppich, der einmal kostbare Muster hatte und nun abgetreten und verfleckt und vom Sonnenlicht gebleicht war, schäbig und in Fetzen, wenn Laura ihn nicht mit Worten voller Stolz und Würde zusammengehalten hätte. Sie tat mir leid und ich dachte an die Bäume im Wald, wie sie aufrecht altern und in Würde sterben. Jedenfalls war das bis vor kurzem noch so gewesen, bevor sie vom Dreck in der Luft erwürgt und erstickt worden waren. Aber selbst so glänzten ihre geschundenen Körper noch mit ihren Maserungen, verbreitete das Holz noch seinen Geruch von Gesundheit und Wald, sprachen die Wurzeln und Äste noch von der Kraft, mit der sie sich ausbreiteten zwischen Himmel und Erde.

Und dann erreichte Katja wieder die Gegenwart und fragte: ‚Haben die Erscheinungen, die du beschreibst, dein Leben verändert?'

Laura sah sie mit einem langen Blick an: ‚Das Wichtigste: Ich habe aufgehört zu saufen.' Sie schien sich nichts schenken zu wollen und Katja sah kurz von ihren Notizen auf und schien zum ersten Mal zu bemerken, was eigentlich vorging: nämlich dass hier ein Mensch saß und nicht ein Stück ihrer Diplomarbeit. ‚Entschuldige', stammelte sie. Und obwohl es nicht so ganz ins Gespräch passte, wussten wir alle, warum.

Laura aber griff über den Tisch nach Katjas Hand. Sie hielt sie fest in ihrer und sah Katja ruhig und liebevoll ins Gesicht. ‚Ich verstehe Dich so gut', sagte sie leise, ‚und ich fühle tief mit Dir. Aber es wird alles gut werden.'

Und Katja machte ein Gesicht, als ob sie gleich wieder weinen wollte. Und ich saß daneben und fühlte mich wie ein Idiot, weil ich nicht verstand, um was es ging und was die beiden Frauen da zusammen hatten."

19

Hanjos Verwirrung war nun komplett. Katjas wetterhaftes Benehmen leuchtete ihm so wenig ein, wie Lauras seltsame Andeutungen. Dazu kamen die unglaublichen Erscheinungen, mit denen er sich herumschlagen musste. Er hatte Dinge erlebt, die er nicht einordnen konnte. Das begann mit dem grünglimmenden Eidotter zwischen Lauras Pflanzen. Die Erinnerung daran kam ihm nun wieder mächtig hoch. Dann sein Entsetzen über die Lichterscheinungen in seinem Zimmer, das allerdings durch die Erscheinung der Lichtgestalt und der tanzenden Lichter im Park überstrahlt wurde. Noch immer spürte er starke Zuversicht und einen tiefen Frieden, wenn er daran dachte. Aber er fühlte, dass es sein Selbstverständnis von sich und seinem Leben veränderte. Und er wusste nicht, wohin es ihn führen würde. Zu dieser Ungewissheit, diesem Gefühl, im Unbekannten zu schweben, kam seine Angst um Katja, die wieder einmal seit Tagen und Wochen nicht erreichbar war.

Sie erschien nicht zur Schicht und antwortete auch nicht am Telefon. Hanjo war verzweifelt. Er schrieb ihr eine Postkarte und fuhr mit der Tram zu dem Haus, wo sie lebte, um sie höchstpersönlich einzuwerfen. Er stand vor dem Haus. Nichts schien ungewöhnlich oder alarmierend. Hanjo wusste nicht einmal, in welchem Stockwerk sie lebte, hinter welchem Fenster sich ihr Zimmer verbarg. Er wusste so wenig von ihr, dabei war sie so tief in ihm drin. Verzweiflung wollte ihn packen. Doch drei Tage später rief sie ihn endlich doch wieder an. Und wieder staunte er über seine Kaltblütigkeit am Telefon. Er ließ sie nichts spüren von seiner Angst, Verwirrung und der Dringlichkeit seiner Sehnsucht, sondern sprach freundlich, kameradschaftlich und lustig, als ob nichts Besonderes geschehen wäre. Er bat sie um Hilfe bei der Korrektur seiner Dissertation. Diesen Vorwand hatte er sich schlau zurechtgelegt. Und er versprach ihr, ihr dafür bei der Korrektur ihrer Lizenziatsarbeit zu helfen. Und Katja willigte ein. Sie willigte ein, vorbeizukommen, und die ersten vier Kapitel abzuholen. Das Treffen der beiden veränderte ihr Leben.

"An diesen Tag werde ich noch denken, wenn ich tot im Grab liege. Katja war da. Ich hatte ihr voller Stolz die bereits vorhandenen Kapitel meiner Arbeit gezeigt und dann waren wir am Küchentisch gesessen und hatten dies und das erzählt. Katja war merkwürdig scheu und wie auf der Hut. Sie vermied jede Anspielung auf Nähe und auf das, was gewesen war. Aber ihr Körper war weich und nachgiebig, wenn ich ihren Arm berührte oder beim Vorbeigehen die Hand auf ihre Schulter legte. Sie wirkte müde. Schatten lagen unter ihren Augen und deren Bernstein war milchig und dunkel. Sie litt offensichtlich, auch wenn sie sich nichts anmerken lassen wollte. Und ich litt mit ihr, betroffen, dass sie sich mir nicht anvertrauen mochte, beklommen, dass ich kein Heilmittel für sie wusste. Wie gerne hätte ich ihr doch alles abgenommen. Wie gerne hätte ich sie in den Arm genommen und einfach behauptet, es werde alles gut. Aber sie erlaubte mir nichts. Sie saß mir gegenüber, das Haselnusshaar zurückgestrichen, ihre Haut samtig und kostbar wie immer. Sie redete mit kräftiger Stimme und tat so, als ob sie überzeugt von dem wäre, was sie sagte und tat. Aber etwas in mir wusste einfach, dass es nicht wahr war, dass sie mit einem seltsamen inneren Geschehen beschäftigt war, in dem ich keinen Platz hatte. Es tat sehr weh. Aber trotzdem war ich glücklich, sie hier am Tisch zu haben.

Sie war so gegen sechs gekommen. Wir hatten etwas Brot und Käse gegessen und waren nun schon am Anfang der zweiten Flasche angelangt. Draußen war finstere Nacht und es regnete. Da begann es wieder. Zuerst unmerklich: eine ganz schwache Vibration. Doch sie drang in den Körper ein und wurde stärker, fast unangenehm. Und dann wieder das Sirren, von dem man nicht wusste, war es im Ohr oder außerhalb. Katjas Augen weiteten sich wieder, doch sie sprach weiter, als ob nichts wäre. Ich versuchte, sie dabei zu unterstützen, aber plötzlich hielt ich es nicht mehr aus. Ich legte meine Hand auf die von Katja und drückte sie fest gegen die Tischplatte. Ich sah ihr in die Augen. ,Das ist kein Erdbeben, Katja,' sagte ich. Es klang ziemlich krächzend.

Wir saßen still wie in Bronze gegossen und verfolgten, wie die Vibration in und um uns anschwoll. Ich spürte, dass Katja weinen wollte, aber ich war nicht fähig, mich auf irgend eine Weise zu ihr hin zu bewegen. Nur meine Hand lag wie Blei auf ihrer und vielleicht war es durch diese Hand, dass ich Katjas innere Bewegungen spürte.

Das Sirren schwoll an und vereinigte sich mit der Vibration. Es war stärker als ich es je erlebt hatte und ich fragte mich, ob unsere Körper nicht Schaden nehmen würden. Ich jedenfalls fühlte mich wie in einer Zerreißprobe. Meine Haut, mein Herz, sie schienen nicht noch mehr ertragen zu können und trotzdem steigerte sich Sirren und Vibration. Und dann fiel ein helles, blaues Licht in die Küche.

Wie auf ein Signal riss ich Katja hoch und zog sie ans Fenster. Der Impuls hatte mich getroffen wie ein Blitz und es ging alles so schnell, dass Katja keinen Laut von sich gab und keinen Hauch von Widerstand leistete. Und dann standen wir da, Hand in Hand, und sahen es.

Es hing wie ein beseeltes Wesen zwischen den Häusern und schaukelte leicht und strahlte dieses Licht in unbenennbaren Farben aus. Seine Oberfläche vibrierte in einer ganz sanften, aber unglaublichen Lebendigkeit. Es war metallisch grau und doch lebendig, atmend, beobachtend, und wieder hatte ich den Eindruck: freundlich gesinnt. Unter ihm lag kein Schatten, sondern ein blauer Lichtkegel, der Lauras Gärtchen beschien und jedes Gräschen und Steinchen sichtbar werden ließ. Noch nie war ich mir bewusst geworden, wie viele Einzelheiten in ein paar Quadratmetern Garten stecken. Und noch nie stand ich so voller Bewunderung vor dieser Vielfalt und Feinheit, vor dieser unglaublichen Schöpfung eines unglaublichen Schöpfers.

Und dann kam Laura heraus. Sie schien zu schweben und war in das seltsame, helle Licht getaucht. Es war, als ob sie getragen würde. Sie breitete ihre Arme gegen das Raumschiff aus, in einer Geste des Entzückens. Und ich sah sie plötzlich vor mir als Kind, als junges Mädchen, als Tänzerin, als Ehefrau und als diese alte

Vogelfrau, als die sie mir erschienen war. Und ich sah die Tapferkeit, mit der sie ein schweres Leben gelebt hatte – und die Freude, die sie die Welt als ein Meer von Farben erleben ließ. Und wie die Steinchen in ihrem Garten, so berührte mich nun ihre Person wie ein Wunder, wie eine Kostbarkeit, wie ein herrliches Geschenk des Himmels. Und als sie nun anfing, sich aufzulösen, war ich kein bisschen erschrocken. Ich beobachtete, wie sie durchsichtiger und durchsichtiger wurde und fühlte dabei ganz deutlich Katjas Hand in meiner, ihre Gegenwart hier neben mir, und ich wusste, dass sie stille Tränen weinte, Tränen einer mir unbekannten Freude und der Erleichterung.

So standen wir und verfolgten, wie Laura im Licht dieses schwebenden Objekts verging. Die Bahnen ihres Chiffonkleides wehten und lösten sich von den Rändern her auf. Und aus ihrem Körper glomm ein Licht, das heller und heller wurde, bis es diesen überstrahlte. Und dann wurde ganz langsam alles dunkler, das blaue Licht, das Strahlen am Ort, wo Laura gestanden hatte, und das hellgraue, lebendige Raumschiff. Und nach etwa zwanzig Minuten war alles dunkel und normal wie zuvor.

Katja und ich standen die ganze Zeit wie versteinert am Fenster. Dann, als die Erscheinung vorbei war, drehte sich Katja zu mir und warf sich mir an den Hals. Ihr Gesicht war nass vor Tränen. ‚Jetzt weiß ich es wieder‘, sagte sie, mit einer merkwürdig dumpfen Stimme. ‚Jetzt weiß ich es wieder, jetzt weiß ich es wieder.‘ Und sie hielt mich fest und drückte ihr Gesicht an meinen Hals und wiederholte den Satz unzählige Male. Einmal ging ein Zittern durch ihren Körper, aber sonst stand sie stark und fest und hielt mich gefangen. Und ich fühlte mich wie ein Baum, der sich nicht mehr bewegen kann und genoss es und wünschte mir, dass sie mit mir verschmelze und wir zusammen einen Stamm bilden würden, der für Jahrzehnte stände und stände und stände.

Und dann, es war so etwas wie eine Ewigkeit vergangen, wurde Katja munter. ‚Wir müssen runter‘, sagte sie mit großer Bestimmtheit. Sie nahm mich an der Hand und zog mich das Treppenhaus hinunter in Lauras Wohnung. Es war still im Haus, es ging ja auch schon gegen Mitternacht. Offensichtlich hatte sonst niemand im Haus etwas besonderes bemerkt. Lauras Türe war nicht verschlossen. Katja machte Licht und führte mich zielstrebig ins Wohnzimmer, zum Schreibtisch von Laura. ‚Hier sind sie‘, sagte sie und nahm ein Papierbündel auf.

Es waren die Aufzeichnungen von Laura.

20

In dieser Nacht fand sich Katja wieder und erlaubte mir, sie und mich zu finden. Und wir beschlossen, dass wir uns gegenseitig für alle Zeiten behalten wollten. Katja war mit mir wieder in meine Wohnung hinaufgestürmt und presste das Papierbündel an sich, als ob ihr Leben davon abhinge.

‚Ich habe sie letzthin besucht‘, stammelte sie, ‚und sie hat mir gesagt: 'Wenn ich verschwinde, hol diese Papiere und nimm sie zu Dir.' Sie muss gewusst haben, was geschieht!‘

Ich antwortete nicht. Zweifelsohne hatte Laura sehr viel mehr gewusst, als sie gesagt hatte. Mit etwas Unbehagen erinnerte ich mich, dass ich sie lange nicht ernst nahm, dass ich sie als verrücktes Huhn abgetan hatte. Aber ich wusste, dass es nun keine Rolle mehr spielte und dass sie es mir nicht übelnahm, falls es sie irgendwo noch gab und sie noch irgendwelche Gefühle hatte.

Katja und ich setzten uns an den Küchentisch. Ich

hatte einen Tee aufgesetzt. Wir schwiegen. Das erstaunliche Ereignis hatte uns wie entleert. Vielleicht war es auch eine Art von Schock. Jedenfalls tranken wir still Tasse um Tasse, sahen auf den Tisch, die Zuckerdose und die Tassen und waren nicht fähig, uns irgendwie in irgend eine Richtung zu bewegen und sei es auch nur ins Bett. Nach sehr langer Zeit schaute mich Katja an. Ihre Augen waren weit und leuchtend, wie die eines Tieres, selbstsicher und aufmerksam zugleich. Sie räusperte sich, hüstelte, konnte ihre Stimme kaum finden. Schließlich aber kamen die ersten Worte.

,Sie haben mich als Kind geholt.'

Ich fragte nichts. Ich ließ den Satz im Raum stehen. Ich wartete. Minuten vergingen. Und dann begann Katja zu erzählen. Ihre Stimme war am Anfang monoton und wie mechanisch, doch je mehr sie erzählte, desto lebendiger wurde sie. Es war wie wenn ein lange gefrorener Bach langsam auftaut. Zuerst tropft und rieselt es nur, doch dann beginnt es zu rinnen und schließlich munter zu sprudeln. Und das ist die Geschichte:

Katja hatte als Kind im Wald gespielt. Plötzlich sah sie einen seltsamen, kleinen Knaben auf sich zukommen. ,Wollen wir zusammen spielen?' fragte er. Dann ging alles plötzlich ganz schnell. Sie war in einem hellen, schattenlosen Raum. Merkwürdig geformte Wesen standen um sie herum, die ihr zugleich Angst und Liebe einflößten. Sie sprachen ihr ohne Worte Mut zu. Dann manipulierten sie an ihr herum. Sie spürte einen Stich im Rücken und mehrere Stiche an den Beinen. Es tat aber nicht besonders weh. Sie hielt die Augen geschlossen und spürte, dass sie gestreichelt wurde. Dann nahmen sie die Wesen an einen anderen Ort, Katja erlebte diesen wie eine große, dunkle Höhle. Viele waren hier um eine Lichtquelle versammelt, aber Katja konnte nicht feststellen, wer die Wesen waren und wie sie aussahen. Sie irrte ein wenig herum und entfernte sich, spazierte nach hinten, wo sich ein Gang auf eine weitere Höhle öffnete. Von hier aus waren die Stimmen der andern nur noch als undeutliches Murmeln zu hören.

Obwohl es dunkel war, konnte Katja sehen. Und sie sah, dass die Höhle sich weiter ins Berginnere öffnete. Sie ging hinein, durch enge Gänge, die sich immer wieder auf große Felsgewölbe öffneten. Die kühle Luft berührte angenehm ihre Haut. Sie fühlte sich unternehmungslustig und wohl. Schließlich hörte sie Wasser rauschen.

Der unterirdische Fluss war etwa vier Meter breit und schien in ein seltsames Licht getaucht. Obwohl sie so etwas wie eine innere Warnung spürte, ging Katja weiter und durch das Wasser hindurch, über große, runde Kiesel. Das Wasser reichte ihr nicht einmal zum Knie.

Als sie am andern Ufer angekommen war, wurde das Licht noch seltsamer: bläulich und von einer merkwürdigen Durchsichtigkeit. Das Atmen fiel leicht, ja vielleicht atmete sie gar nicht mehr, sondern versorgte sich durch die Haut. Jedenfalls kam ihr alles schwere- und mühelos vor. Offensichtlich war sie nun auch aus dem Berg herausgekommen, denn nun gab es wieder Pflanzen. Zuerst waren sie niedrig, dann aber wurden sie immer mehr zu Büschen und Bäumen mit verschieden geformten, fetten, glänzenden Blättern. Das Gelände stieg an und Katja folgte einem schmalen Pfad, der schon fast zugewachsen war, so dass sie das Blättermeer öfters mit den Händen teilen musste. Es gab keine Geräusche. Nur ihre Schritte waren zu hören und das üppige Klatschen der Blätter, wenn sie diese auseinander zog. So ging sie weiter und als sie eine Hügelkuppe erreichte, wusste sie, dass sie angekommen war.

Sie stand still und blickte um sich. Der Wald war hier zurückgewichen und ließ einen Blick auf den Abhang frei, den sie heraufgekommen war. Sie stand da und schaute und schaute in einer merkwürdigen, halb schläfrigen Versunkenheit. Das Licht war bläulich und dämmerig, und doch war alles sehr deutlich zu sehen. Unschlüssig stand sie da und fragte sich, ob sie nun wohl wieder zurückgehen sollte. Da tat sich der Himmel auf und ein Blitz traf sie, ein Blitz von reinster Bläue. Und sie stand einfach da und ließ ihn durch sich hindurchgehen und fühlte ein Gefühl von Seligkeit, das grösser war, als sie begreifen konnte.

So stand sie lange und ging dann zurück. Sie wusste nicht mehr, wie sie nach Hause kam. Und langsam vergaß sie alles. Und die Erinnerung sank tiefer und tiefer, je älter sie wurde. Aber die Sehnsucht nach diesem Hügel und der Seligkeit des blauen Blitzes blieb unterschwellig für immer vorhanden. Sie fühlte einen Mangel in sich und schrieb sich die Schuld daran zu. Etwas in ihr schien verkehrt zu sein, etwas in ihr hinderte sie daran, sich so zu fühlen, wie in jenem Moment, den sie vergessen hatte. Alle Schwierigkeiten, die sie erlebte, und sie erlebte zunehmend Schwierigkeiten, als sie von ihrer Kindheit in diese unübersichtliche Erwachsenenwelt hineinwuchs, alle die Schwierigkeiten schrieb sie sich und dieser unbewussten Schuld zu. Und sie beschloss, ihren vermeintlichen Fehler durch Anstrengung und Tüchtigkeit auszugleichen. Und so war sie immer professioneller und erfolgreicher und verschlossener geworden. Denn selbstverständlich funktionierte ihre Strategie nicht. Und so verhärtete sie den Panzer damit sie ihre Gefühle, ihre verkappte Sehnsucht und ihre unterschwellige Schuld nicht fühlen musste. Aber all das blieb vorhanden, wenn auch tief vergraben.

Aber dann war ich in ihr Leben getreten. Alles kam in Bewegung und durcheinander. Plötzlich küsste sie mich: Sie war vor einem unwiderstehlichen Gefühl in die Knie gegangen. Und sie hasste sich und mich dafür.

‚Es ist unglaublich', sagte sie und Tränen stiegen ihr in die Augen und brachten den Bernstein zum Funkeln, ‚mein ganzes Leben beruht auf einem einzigen und riesigen Missverständnis.'

‚Es ist wunderbar', murmelte ich, und ich gestehe, dass auch ich fast weinte, ‚es ist wunderbar, dass Du es jetzt weißt. Jetzt kannst Du es ändern. Und wenn Du willst, helfe ich Dir dabei.'

21

Frau X kam zu Besuch. Sie hatte angerufen, sie sei in der Stadt und ob sie bei mir hereinschauen könne. Mein Höflichkeitsreflex älteren Menschen gegenüber ließ mich ja sagen. Schon beim Hereinkommen hielt sie mir ein wunderhübsches, rotes Ledermäppchen unter die Nase und sagte, dies sei ein Geschenk für mich, sie würde es mir aber erst später geben. Und so saßen wir denn am Teetisch und schwiegen uns zuerst einmal eine ganze Weile lang an. Es lag etwas in der Luft, aber ich konnte mit bestem Willen nicht darauf kommen, was es war. Ich bot Gebäck an.

Frau X war eine imponierende Dame. Obwohl bestimmt über achtzig Jahre alt hatte sie doch nichts Greisenhaftes oder Zerbrechliches an sich. Sie ging und saß vollkommen aufrecht und ihre Gesten und ihr Blick drückten eine unbezähmbare Kraft aus. Obwohl sie mir außerordentlich freundlich begegnete, lag doch eine Strenge um sie, die leicht verunsichernd wirkte. Mir jedenfalls wurde nicht so richtig warm mit ihr. Ich beobachtete ihre Hände, die souverän mit der Kuchengabel hantierten. Sie trug einen großen, blauen Saphir umgeben von kleinen Diamanten. Die Fingernägel waren perfekt gepflegt. Ihren Ehering hatte sie abgelegt.

Sie merkte, dass ich sie beobachtete. Plötzlich blickten wir uns geradeaus in die Augen und musterten uns und es war so etwas wie Wettbewerb oder sogar Kampf zwischen uns.

"Es würde mich nicht wundern, wenn Sie mich aufdringlich finden." Sie sagte es ohne jede Demut oder Feindseligkeit. "Ich bin mir im Klaren, dass ich auf etwas ungewohnte Weise in Ihr Leben getreten bin."

Eine lange Pause entstand. Ich griff nicht beschwichtigend ein. Dann traf mich wieder ein harter, ja kühner Blick, und sie sagte leise: "Ich handle sozusagen im Auftrag."

Damit verblüffte sie mich nun wirklich. Sie sah nicht aus wie eine Frau, die Unsinn redet. Aber was sie sagte, machte nun wirklich keinen Sinn. Ich schaute nur fragend zurück.

"Ich weiß, dass Sie eine von uns sind."

Meine Verblüffung wuchs. Als Frau X aber nichts mehr sagte, war ich doch zu neugierig, um nicht nachzufragen:

"Wie meinen Sie das?"

"Sie haben über UFO-Entführungsfälle gelesen." Das war mehr Feststellung als Frage. "Da müssten Ihnen doch Erinnerungen gekommen sein."

Schweiß trat mir auf die Stirn. Ich spürte meine Narbe im Rücken und wie eine Riesenwelle schlugen alle meine offenen Fragen über mir zusammen. Aber ich mochte es nicht zugeben, nicht hier, nicht mitten am Nachmittag, nicht mit Tee auf dem Tisch und Fußgängern und Autofahrern vor dem Fenster. Ich rettete mich in ein Hüsteln.

"Ich selbst habe einschlägige Erfahrungen", fuhr Frau X fort. "Und ich erkenne seit Jahren Menschen, die sie geholt haben. Ich habe es gleich gesehen, als Sie damals die Galerie betraten. Sie sind auch eine von uns."

Noch immer hatte ich mich nicht gefasst und darum ging es lange, bis ich antworten konnte.

"Langsam", sagte ich und versuchte, klar zu sprechen und klar zu denken, "nun mal langsam. Ich vermute zwar, dass ich weiß, wovon Sie reden. Aber dabei ist doch noch sehr vieles offen."

Ich war zufrieden mit mir. Das hatte gefasst geklungen und tatsächlich hatte ich mich nun wieder im Griff. "Angenommen, Sie haben Recht", fuhr ich, schon fast kühn geworden, hinzu, "angenommen, diese Entführungen finden tatsächlich statt, warum sollen die Opfer denn darüber Bescheid wissen? Es zeigt sich doch in den meisten Fällen, dass sich ein Schleier des Vergessens über alles breitet und das hat doch wohl seinen Sinn."

"Ja", gab die alte Dame ernst zu, "im Vergessen liegt oftmals Gnade. Es verhindert, dass sich die Menschen mit Dingen herumschlagen müssen, die ihr normales Verständnis sprengen. Es ist eine Frage der Kraft in den verschiedenen Personen, ob die Erinnerungen schädlich oder hilfreich sind. Nach meinem Dafürhalten gehören Sie zu den Personen, die wissen sollten."

Sie sagte das so nüchtern, so normal wie nur etwas, so dass meine Fassung schon wieder ins Wanken kam und ich mich fast schuldig fühlte, dass ich mich nicht erinnern konnte – falls es überhaupt etwas zu erinnern gab. Meine rationale Seite war nicht bereit, den Kampf aufzugeben. Auch wenn ich nicht imstande war, zu glauben, diskutieren konnte ich:

"Was sollte ich Ihrer Meinung nach wissen?"

"Dass wir nicht allein im Universum sind. Dass es mehr gibt, zwischen Himmel und Erde als Menschen sich träumen lassen."

Das war nun wieder mein Gebiet: "Damit bin ich, mit Shakespeare zusammen, vollständig einverstanden. Es gibt sehr viel mehr, als unsere Schulweisheit sich träumen lässt. Und es ist dringend notwendig, unser Wissen auszuweiten. Aber Sie wissen so gut wie ich, dass die Feststellung und Beschreibung der vorkommenden Phänomene äußerst schwierig ist und dass da viele Behauptungen gegenüber wenig klaren Erkenntnissen vorhanden sind."

"Das ist tatsächlich eine große Schwierigkeit." Die alte Dame nickte und schien von meinem Widerspruch keineswegs beleidigt zu sein. "Es liegt in der Natur dieser Dinge, dass ihre Formen eben nicht so klar wahrnehmbar sind wie materielle Gegenstände. Ihre Stofflichkeit flackert sozusagen und darum wird ihre Form von verschiedenen Menschen verschieden wahrgenommen. Haben Sie schon einmal einen großen Starenschwarm beobachtet, der am Himmel spielt und kreist? Plötzlich verdichtet er sich zu einer schwarzen Masse um sich dann wieder gleichsam in nichts aufzulösen. Er bildet einen Moment lang eine klar abgegrenzte, ovale Wolke um dann die Form eines Halbrunds und dann eines Zapfenziehers oder einer Säule anzunehmen. Unser Auge sieht nur den Wechsel der Form und nicht die Räume, in denen der Schwarm seine Schleifen zieht. Wenn man nicht wüsste, dass es Vögel wären, könnte man an Wunder glauben."

Wir waren wieder still. Ich dachte an die verschiedenen Formen der Ufos, über die berichtet wurde: Linsen, Kreisel, Kugeln, Vierecke, Dreiecke, Licht, Material. Zog da etwas seine Schlaufen und erschien dem beobachtenden Auge mal so und mal so?

"Frau X", mein Interesse war nun wirklich echt, "bitten sagen Sie mir doch, was Sie von diesen Dingen wissen, wie Sie die seltsamen Erscheinungen wahrnehmen und erfahren."

"Wir sind nicht allein im Universum. Ein höheres Bewusstsein wacht über uns. Es ist daran interessiert, das was menschlich ist, zu erhalten, weil es eine einzigartige Lebensform darstellt. Es ist auch daran interessiert, von uns zu lernen, denn jedes Individuum stellt eine einzigartige Möglichkeit an Wahrnehmung, Erkenntnis und Gefühl dar. Dieses Bewusstsein spiegelt sich in den verschiedenen Phänomenen, die als Ufos beschrieben werden." Die alte Dame sprach mit respektgebietender Autorität und es lag so etwas wie ein Glanz um sie, während sie sprach.

Trotzdem erhob ich Einwände, wenn auch erst nach einer langen Pause des Nachdenkens.

"Es ist schwer, an ein höheres Bewusstsein zu glauben. Nach den Berichten erschrecken die Wesen die Menschen, fügen ihnen Schmerzen und Schocks zu, verwenden sie wie Versuchstiere."

"Das ist ein gutes Stichwort." Frau X war sehr animiert. "Wir fühlen uns als überlegene Rasse, aber was glauben Sie, wie wir den Tieren erscheinen: Als nichts anderes als der reine Horror. Die Menschen haben die herrlichsten Kunstwerke hervorgebracht und die tiefsten Erkenntnisse. Sokrates, Mozart, Leonardo, gibt es Sublimeres? Und gleichzeitig leistet sich diese Menschheit mechanisierte Schlachthäuser und Tierversuche. Und bringt sich massenweise selber um." Sie schüttelte traurig und in sich versunken den Kopf. "Und das bei dem wirklich überlegenen Bewusstsein, das wir haben. Wie sollen wir also über das Bewusstsein und das Verhalten von „ihnen" urteilen?"

Ich war auch still geworden, beschämt über mich und meine Artgenossen. Lächerlicherweise versuchte ich die Bitterkeit der Situation mit Kuchen zu besänftigen. Ich bot noch einmal Gebäck an. Frau X griff geistesabwesend und mechanisch zu. "Es hat keinen Sinn, vom Einzelnen auf das Ganze zu schließen", murmelte sie trotzig. "Wir müssen uns bemühen, das Ganze zu sehen.

Wir müssen um das Wissen kämpfen. Auch Sie!"

Dann aßen wir schweigend unsere Kuchen, obwohl keine von uns Appetit darauf hatte.

22

Ich hätte Frau X noch so viel fragen wollen. Was sie erlebt hatte, was sie wusste. Aber ich hätte auch gerne erfahren, ob sie, wie ich annahm, Hanjos Tante Mathilde war, die so herrliche Knödel kochte. Und wenn ja, wusste sie, was aus Hanjo geworden war? Aber als ich unser Schweigen brach, wies die alte Dame mich kategorisch und fast unwirsch ab:

"Traurigkeit macht mich müde", sagte sie, "ich muss jetzt gehen. Nur noch ganz schnell: Dieses hier", sie griff nach der roten Ledermappe, "sind Lauras private Aufzeichnungen, die sich Katja und Hanjo nach ihrem Verschwinden geholt haben. Sie erhalten Sie erst jetzt, weil ...." Sie brach ab und sagte nicht, warum. Dann stand sie resolut auf und ging auf die Türe zu. Ich stürzte hinter ihr her und half ihr in den Mantel.

Dann war sie gegangen.

Nun besah ich mir die Mappe. Sie war aus feinstem Leder, dessen Rot an den Rändern aber bereits ins Bräunliche verblasste. Sie schien ziemlich alt zu sein und flößte dadurch und durch ihre sorgfältige Fertigung Respekt ein. War dies ein Stück von Laura oder von Frau X? Ich hätte es in diesem Moment gerne gewusst, obwohl es keine Rolle spielte. Eine merkwürdige Scheu hinderte mich daran, die Mappe zu öffnen.

Das Gespräch mit Frau X hatte mich verwirrt. "Wir müssen um das Wissen kämpfen" hatte sie gesagt. Was meinte sie damit? Welches Wissen? Warf sie mir indirekt damit vor, mich nicht genug darum zu bemühen? Und wenn ja, wie müsste ich vorgehen, falls ich mich darum bemühen wollte?

Wie immer, wenn ich nicht weiter weiß, ließ ich Zeit vergehen. Und so vergingen einige Wochen, bis ich die schöne rote Mappe aus der Schublade nahm und sie öffnete.

Die Blätter wirkten verschossen und alt wie meine Schulhefte von anno dazumal. Sie waren mit Tinte, Kugelschreiber oder Bleistift beschrieben, in einer Schrift, die mir flüssig und großzügig vorkam. Es gab Ausstreichungen und Einfügungen. Es handelte sich also um spontane Notizen und nicht um wohlüberlegte Aufzeichnungen in Schönschrift. Was ich las, war das Protokoll einer seltsamen Begegnung.

"Als die Lichtstreifen über meine Wände fuhren, wusste ich gleich, dass etwas nicht stimmen konnte. Die Bewegung war zu schnell und das Licht zu hell. Das, und das merkwürdige Geräusch im Ohr, versetzten mich in eine Art von Aufregung und Beklemmung. Ehe ich wusste, wie mir geschah, war ich am Fenster und guckte durch die Schlitze meiner Storen. Und was ich sah, erschreckte mich und machte mich gleichzeitig glücklich.

Es war ein bisschen, wie wenn man einen Dom betritt und erschlagen wird von der Größe des Raums, dem geheimnisvollen Licht, das durch die farbigen Fenster kommt, und dem Wissen, dass das ein heiliger Ort ist.

Das Raumschiff strömte einen wundersamen Glanz aus. Die Lichter an seinem Rand wechselten die Farben wie Perlmutt und hatten das seltsam Unbestimmte von schillernden Regenbogenfarben in einer Pfütze mit Öl: Man sieht sie und weiß doch, dass sie nicht da sind. Die Metallhülle wirkte ein bisschen neblig und schien leicht zu pulsieren, wie ein schlafender Hund, dessen Bauch sich kaum merklich hebt und senkt. Das Aufregendste daran war aber die Größe: Das Ding hing vor meinem Fenster und deckte alles ab, was ich sonst von meinem Fenster aus sehen kann. Es hing etwas über mir, ich musste nach oben schauen, aber nicht weit. So etwa, wie wenn man in die Ecke seines Zimmers guckt. Und darunter war dieser bläuliche Schein, dieses Licht, das jedes Blatt in meinem Garten aus der Nacht herausziselierte. Es war ein wunderbarer Anblick und ich würde viel darum geben, wenn ich immer so klar und deutlich sehen könnte.

Ich hatte eigentlich keine Angst, obwohl mein Körper mit Schaudern und Zittern reagierte. Es war mehr das Gefühl von: Das ist zu groß, das zerreißt mich, als Furcht, dass jemand mich bedrohen könnte. Es war ganz einfach unglaublich und mein Körper wusste nicht damit umzugehen.

Das Gleiche geschah, als die Blumen geliefert wurden und ich die Karte las. Die Tatsache, dass die Traumrealität in mein normales Leben hinübergriff, versetzte mir so etwas wie einen Schlag, von dem ich mich, glaube ich, nie mehr erholen werde, auch wenn ich denke, dass es ein heilsamer Schlag war.

Myagio hat diesen Glanz um sich, den ich schon am Raumschiff bemerkt hatte, diese Mischung aus hartem Metall und diffuser Nebligkeit. Ich kann es vielleicht am besten so beschreiben: Wenn man nicht genau hinguckt, wirkt es wie hartes, poliertes Metall, leicht gelblich, eher Zinn als Stahl. Doch wenn man ihn fixiert, dann scheinen sich die harten Konturen aufzulösen in dieses wattige Pulsieren. Warum ich trotzdem weiß, dass Myagio einen wunderschönen, muskulösen Körper hat, kann ich eigentlich nicht sagen. Aber ich weiß genau, dass seine Muskeln unter seinem grauen Overall sichtbar sind, als ob ihn Michelangelo gemeißelt hätte. Aber das ist es nicht, was mich sofort für ihn einnahm: Es war sein Blick, der unwiderstehlich war.

Man kann nicht beschreiben, was es ist, nur wie es wirkt: Es zieht einen weg von dort wo man ist. Man lässt jeden Widerstand fahren. Es ist wie ein Sog, der dich auflöst und du wünscht dir nichts anderes, als in ihm zu verschwinden. Seine Augen sind hell, sein Gesicht strahlt in einem goldenen Glanz, der so stark leuchtet, dass ich nicht einmal sicher sagen kann, seine Gesichtszüge je wirklich gesehen zu haben. Es spielt auch keine Rolle mehr. Du spürst nur die Anziehung und gibst dich ihr hin.

,Ich verstehe, was in dir vorgeht, flüsterte Myagio, ,ich fühle es auch. Lass es einfach zu.'

Aber seine Worte blockierten mich. Ich wusste plötzlich, dass ich dabei war, mich zu verlieben und ich erschrak. Es war, als ob ich mit Gewalt in meinen Körper zurückgezogen würde und ich fühlte, dass dieser nicht mehr jung und nicht mehr schön war. Und ich schämte mich und fühlte mich schuldig.

,Es kommt nicht darauf an.' Ich weiß nicht, ob ich seine Worte über meine Ohren hörte, oder ob sie über meine ganze Haut zu mir kamen oder ob sie aus mir selber entstanden. Ich spürte sie jedenfalls mehr, als ich sie hörte. Und ich spürte, dass er voller Mitleid und Verständnis war. Aber es gelang mir nicht, mich von meiner Scham zu trennen. Ich sah von ihm weg auf meine Hände, die gefleckt sind vom Alter und aus denen Sehnen und bläuliche Adern deutlich hervortreten.

Und als Myagio sah, dass ich verstockt blieb und mich verhärtete, zeigte er mir den Trick mit dem Ei. Ich solle einen Dotter in einem Glas Wasser mit einem Schuss Alkohol zwischen die Pflanzen stellen. Er würde das Gebräu von außen bescheinen, so dass es zu dem würde, was mich wieder jung mache. Mondhelle Nächte seien besser und wirksamer als andere, meinte er. Und er betonte noch einmal, dass es nicht nötig sei, sondern nur dazu diene, dass ich mich gut fühle.

Ich wollte es augenblicklich wissen. Es war zu verrückt und zu verlockend. Es war eine Zeit, in der ich seit Wochen nicht mehr ausgegangen war und nur noch von Dosengemüse und Tiefgefrorenem gelebt hatte. Also stieg ich rauf zu dem Studenten über mir, der tagsüber fast immer zu Hause ist, und lieh mir ein Ei. So lernte ich Hanjo kennen. Ich stellte die Mischung drei Nächte zwischen meine Pflanzen und sie begann zunehmend hellgrün und unheimlich zu leuchten. Am dritten Tag trank ich das Gebräu. Es schmeckte leicht faulig. Ich wurde sehr müde davon, sogar leicht schwindlig. Ich dachte nichts, denn ich war zu erschöpft dazu. Ich legte mich einfach aufs Bett.

Es war Abend, als ich erwachte. Und als ich mich im Spiegel betrachtete, blieb mir das Herz vor Freude stehen: Ich war wieder dreißig!

Das war die Zeit in meinem Leben, wo ich besonders glücklich gewesen war. Ich hatte meinen eigenen Tanzstil entwickelt und eine kleine Show auf die Beine gestellt, auf meine Beine, wohlverstanden, und ich glaubte, dass ich die Welt aufrollen und das Ballett revolutionieren würde. Selbstverständlich ist nichts daraus geworden. Aber ich war begeistert, hoffnungsvoll und glücklich. Und ich war schön.

Damals lagen mir die Männer zu Füssen und es waren nicht die aufgeblasenen Patriarchen, mit denen ich mich später herumschlagen musste, als der Erfolg ausblieb. Es waren Männer mit Hoffnung und Glut in den Augen, vielleicht nicht für die Dauer gemacht, aber für eine Intensität, die sich in meinen Tanz übertrug, die mir aus den Poren strahlte.

Jetzt erinnere ich mich wieder, wie ich im Balletsaal vor dem Spiegel stand und mir in die Augen guckte. Obwohl sie doch blau sind, wirkten sie damals schwarz vor Tiefe und Leidenschaft. Und mein Gesicht, ja tatsächlich, es pulsierte in diesem goldenen Licht, wie ich das jetzt wieder bei Myagio sah. Und ich spürte meinen Körper, jede Sehne, jeden Muskel. Ich spürte den Raum in mir, die Wärme meines Blutes, die Weichheit meiner Gelenke. Und ich war glücklich, denn ich wusste, dass ich mich auf meinen Körper verlassen konnte.

Man soll sich ja nicht selber loben, aber ich glaube, in jenen Jahren tanzte ich göttlich. Und ich war nicht allein, dies zu glauben. Aber wie in jedem Höhepunkt war in jenem Augenblick auch schon der Abstieg enthalten: Ich wollte nicht verstehen, dass ich im Zustand der Gnade tanzte und glaubte, ich könne meinen Willen durchsetzen. Und daran zerbrach schließlich alles. Weil ich zu viel wollte, war am Schluss gar nichts mehr da. Und ich resignierte und übergab meinen Körper dem, der gerade am meisten dafür bot. Es waren nette Männer. Drei davon heirateten mich sogar. Aber als der letzte von ihnen gestorben war, war auch ich alt und ich genoss das Alleinsein. Bis Myagio in mein

Leben trat. Und da spürte ich plötzlich, wie alt und verlebt ich war. Gewesen war. Denn nun stand ich da und starrte verliebt auf mein Spiegelbild: Eine Ballerina mit großen Augen, in der Haltung, als ob ich gleich zu tanzen anfangen wollte.

Und tatsächlich: Ich brachte mein Bein wieder in die Senkrechte! Ich spürte den Wind auf den Armen, wenn ich mich drehte, meine Fußgelenke knackten nicht, als ich auf die Zehen ging, und auf die Fersen, und auf die Zehen Ich schien zu schwebten!

Unglücklicherweise hat es nicht genug Platz in meiner Wohnung, um ein paar richtige Schritte machen zu können. Aber schon, dass ich die Arme dehnen und strecken konnte, ohne dass es schmerzte, war das größte Glück.

Plötzlich stand Myagio hinter mir. Ich sah ihn im Spiegel. Und ohne eine Sekunde oder einen Gedanken zu verlieren, warf ich mich in seine Arme. Es war, als ob ich ins Leere gesprungen wäre, aber trotzdem fühlte ich mich gehalten. Ich wurde bewusstlos. Aber als ich wieder zu mir kam, wusste ich, dass wir uns geliebt hatten. Ich wurde erst im Laufe der Wochen fähig, dies bewusst zu erleben.

Als ich meine Sinne so langsam wieder beisammen hatte, fragte mich Myagio, ob er mich irgendwohin bringen solle, wo es Platz zum Tanzen hätte. Ich stimmte begeistert zu und so gingen wir.

Ich ging nicht aus meiner Wohnung, ich ging nicht in sein Raumschiff. Es war wie in einem Traum, wo die Szene plötzlich wechselt ohne dass man weiß, wie es geschieht. Wir gingen auf einem schmalen Weg, ich voraus, aber ich konnte eigentlich nicht erkennen, wo wir waren. Es war alles dunkel. Und dann öffnete sich plötzlich diese Bühne, herrliche Holzbretter mit seidiger Patina. Und von irgendwoher setzte Musik ein und ich begann zu tanzen. Es war etwas klassisch Romantisches, das ich kannte, aber im Moment nicht benennen konnte. Und ich ergab mich einfach in die auf- und abschwellende Melodie und breitete meine Arme aus, machte große und kleine Schritte, genoss es, die Beine zu heben und zu drehen, die Arme zu winden und zu dehnen. Und die Energie floss durch mich und zitterte in den Fingerspitzen und drückte in den Waden und stieg meiner Wirbelsäule nach oben wie eine Feuersäule aus der Bibel, wie ein Blitz aus der Erde.

Meine Bewegungen wurden immer kleiner, weil ich mich so sehr auf die Geschehnisse in meinem Körper konzentrierte. Und schließlich stand ich nur noch mit ausgebreiteten Armen und vibrierte im Einklang mit der Musik. Und ich fühlte, dass dies der beste Moment meines Lebens war.

Als die Musik verklungen war, stand ich immer noch. Und wieder trat Myagio unbemerkt hinter mich. Er umfasste mich und ich spürte erneut dieses Gehalten sein und das Gefühl von Fallen ins Leere.

,Ich habe alles mitgefühlt', flüsterte er und fing an, mein Gesicht und meinen Hals mit kleinen Küssen zu bedecken. ,Es war wunderschön'.

,Ja.' Ich hatte fast keine Stimme mehr. Ich überließ mich seiner Zärtlichkeit, Und das war der zweitbeste Moment meines Lebens."

23

Bin ich verrückt oder spinne ich?

Ich habe zu Hanjo gesprochen und nun muss ich wohl die Konsequenzen tragen. Seit mir Myagio begegnet ist, haben sich die Ereignisse überstürzt und ich weiß nicht mehr, was ich von ihnen und von mir denken soll. Ich war eine alte Frau, die nichts mehr vom Leben erwartet hat. Ich habe auf nichts mehr gehofft, als auf einen ruhigen Tod. Und nun das.

Ich beklage mich nicht. Es ist herrlich.

Aber seltsam kommt es mir schon vor.

Dieser Mann.

Ist es überhaupt einer? Was sollen in diesem Zusammenhang eigentlich noch die Kategorien der Geschlechter? Und doch: Ich reagiere auf ihn total als Frau. Dabei ist es mir unmöglich, zu beschreiben, was geschieht, wenn ich Myagio umarme, genau so *wie ich nicht erklären kann, auf welche Weise ich ihn höre oder sehe. Meine Sinne funktionieren in dieser bekannten Welt, aber in anderen Bereichen geben sie keine zuverlässigen Eindrücke und Erkenntnisse. Wenn ich genau hinschaue, verschwimmen die Konturen. Wenn ich höre, scheinen mir die Laute normal, aber ich sehe nie, wie Myagio spricht und seine Lippen bewegt. Und wenn ich ihn berühre, habe ich das Gefühl, ins Leere zu greifen und doch spüre ich, dass er mich hält. Das ist so köstlich, dass mir unsere gewöhnliche Art der Berührung vergleichsweise von unsäglicher Grobheit erscheint. Ich wollte, ich könnte irgend jemandem erzählen, wie wundervoll und köstlich eine Umarmung von Myagio ist.*

So sinnlich unsere Begegnungen auch sind, ich glaube, sie sind nicht wirklich körperlich. Aber es ist schwierig zu verstehen und noch schwieriger, zu erklären. Die Spannung, die Aufregung, die Erleichterung ist so körperlich wie nur möglich. Aber es kann insofern nicht körperlich sein, als sich Myagio in einer zu großen Distanz von mir befindet oder hinter mir ist, während er mich auf den Mund küsst. Es ist sehr verwirrend. Aber immer wunderbar.

Verdammte Eier!
Die Geschichte mit den Eidottern und der Verjüngung hat mir nichts als Unglück gebracht! Die Wirkung hält nämlich nicht an und es ist grausam und schwierig, zu erleben, wie man Stunde um Stunde wieder älter und faltiger wird. Myagio sagte mir, ich solle doch aufhören, mich mit meinem Alter und meinem Körper zu beschäftigen. Es käme doch nur auf etwas an, nämlich auf die Intensität der Gefühle. Aber er hat gut reden, mit seinem wundervollen Körper! Ich aber fühlte mich schlecht und seiner nicht würdig. Und so habe ich experimentiert und gehofft, wenn ich den Trank öfter nehme, würde sich vielleicht eine dauernde Wirkung einstellen. Aber ich wurde nur immer nervöser, abhängig und schließlich depressiv. Und damit auch nicht schöner.

Inzwischen bin ich Myagio so oft begegnet und habe so oft erlebt, dass er mich annimmt, wie ich bin, dass ich mein Aussehen

*immer öfter vergesse. Auch kommt mir vor, dass mir mein Glück
aus den Augen strahlt und mich auf eine bestimmte Weise schön
macht . Natürlich ersetzt es den Jugendschmelz nicht. Aber jedenfalls habe ich aufgehört, mich zu schämen, dass ich eine alte
Frau bin.*

Reisebericht.
*Heute Nacht führte mich Myagio in eine sehr fremdartige
Welt. Sie war sehr dunkel und von einer kompakten und doch
puderförmigen, und das heißt: beweglichen Konsistenz. Ich weiß
selbstverständlich, dass dies ein Widerspruch ist und dass es das
nicht gibt. Aber ich habe es erlebt, es mit meinen eigenen Augen
gesehen und mit meinen eigenen Händen berührt. Und soll ich
mir nicht glauben?*

*Das Dunkle, Kompakte reichte bis dicht an meinen Körper,
wich aber bei jeder meiner Bewegungen automatisch zurück, so
dass ich ungehindert ausschreiten konnte, ohne dass ich gegen
irgend einen Widerstand stieß. Dieses Gehen durch diese feste
und doch bewegliche Masse war ein sehr seltsames Erlebnis.*

*Gelegentlich tauchten in der Schwärze Gegenstände auf und sie
waren von einer unglaublichen Farbkraft: Ein Rot, das aussah,
als ob es hinterleuchtet wäre, ein Grün, so stark und saftig wie
das Leben selber. Und selbst die matten Töne von grau und beige
wirkten seltsam beseelt und leuchtend. Ich war hingerissen und
Myagio war es mit mir: ‚Ja‘, flüsterte er, ‚ja, so ist es gut. Freue
Dich und fühle die Farben, damit ich sie mit Dir fühlen kann.‘
Und als wir aus dieser schwarzen Welt zurückkamen, umarmte
er mich und hielt mich lange fest und sagte: ‚Du weißt gar nicht,
wie viel du mir gibst. Endlich kann ich die Dimension dieser
Dinge erahnen.‘*

*Selbstverständlich verstand ich nicht, was er meinte. Er hatte
mir gleich am Anfang unserer Beziehung erklärt, dass er zwar
Farben unterscheiden könne. Aber offensichtlich lösen sie in ihm
keine Gefühle aus. Ich kann es nicht nachvollziehen. Und noch
weniger, wie es ihm gelingt, meine Gefühle zu teilen.*

Umgekehrt löst er in mir Empfindungen aus, die ich vorher

nicht gekannt noch je für möglich gehalten hätte und die sich auch kaum beschreiben lassen: Ein Fließen, eine totale Offenheit und Wandlungsbereitschaft, eine Hingabe an etwas Großes, Gutes, Mächtiges, Weiches. Ich weiß nicht, was es ist. Aber es ist ganz offensichtlich da. Jeder weiß doch instinktiv, wenn er nicht allein im Zimmer ist, jeder spürt doch, wenn ein Blick auf einem ruht. Auf diese Weise ist es da, unfassbar, aber total sicher und vertrauenerweckend. Und die Grenzen lösen sich auf, die Grenzen, die mir mein Körper und mein Alter und mein Geschlecht setzt. Ich weiß nicht mehr, bin ich ich oder er oder es. Aber ich bin da in einer Fülle, die mich für Tage euphorisch hält.

Mein Nachbar.
Ich hätte es wissen müssen. Über gewisse Dinge darf man einfach nicht reden. Habe ich nicht alles am Anfang ebenfalls in Bausch und Bogen von mir gewiesen, obwohl ich es am eigenen Leib erfahren habe? Dabei wirkte Hanjo doch so offen. Und in seinem chaotischen Leben steckt so viel Suche, so viel Wunsch nach irgend etwas, dass ich dachte, er würde Verständnis für meine Geschichte haben, ja, sogar froh sein, von ihr zu erfahren. Doch ich stieß auf Ablehnung und schließlich sagte ich nichts mehr davon. Wahrscheinlich wollen die Leute einfach nichts mit dem Unbegreiflichen zu tun haben.

Antwort und Fragen.
Ich hatte mich bei Myagio beklagt, dass ich über das, was mir am wichtigsten ist, mit niemandem reden kann. ‚Unsere Beziehung ist so wunderbar, was ich erlebe ist so unglaublich und so schön, dass ich davon erzählen möchte. Aber ich merke, dass ich schon mit der kleinsten Andeutung auf Ablehnung stoße. Die Leute gucken, als ob ich nicht ganz richtig im Kopf wäre.'
Myagio lächelte. ‚Jedes Wesen', sagte er schließlich bedächtig, und ich merkte, dass er seine Worte zusammensuchte, ‚versucht, sein Weltbild zu retten, so lange es möglich ist. Das gilt für uns, die wir eine breitere Wahrnehmung haben, so gut wie für Euch. Ihr lebt in einer Kultur, in der man sich auf Sinnesorgane und

Messinstrumente verlässt, um festzustellen, was in der Welt vorhanden ist und was nicht. Damit erfasst ihr aber nur einen sehr kleinen Teil von dem, was wahrnehmbar ist. Wenn mehr als das Gewohnte auf euch eindringt, dann wehrt ihr ab. Ihr verdrängt, dass etwas anderes da sein könnte. Oder ihr verleugnet es.

Daran ist nichts Schlechtes. Wir funktionieren im Prinzip genau gleich, auch wenn wir uns andere Wahrnehmungsorgane und damit ein offeneres Weltbild geschaffen haben. Ein Weltbild, wie eng oder wie weit es immer sein mag, hat den Vorteil, dass ein Wesen in ihm funktionieren kann. Es erlaubt uns Automatismen und damit die Einsparung von Energie.

Wenn aber plötzlich viel neue Informationen auftauchen, dann kann die Verteidigung des Weltbildes mehr Energie kosten als eine Neuorientierung. Es ist darum ungünstig, wenn ein Wesen sich all zu sehr darauf versteift, sein Weltbild unter allen Umständen zu retten. Aber bei Deinem Nachbar ist das nicht der Fall. Dies ist seine erste Konfrontation mit etwas total Neuem und es ist klar, dass er zuerst einmal versucht, sich nicht darauf einzulassen.'

Myagio schwieg und von seinem Gesicht ging dieses helle Licht aus, das mich wie Zärtlichkeit berührte.

Richtig, ich hatte mich ja auch gewehrt. Ich wollte die Lichterscheinung von jener ersten Nacht ja auch nicht ernst nehmen. Ich wollte meinen Traum als Schaum auffassen. Und ich war wütend – erschrocken auch – aber mehr noch wütend, als die Blumen kamen.

Erst als Myagio auftrat, ließ ich meinen Widerstand endgültig fahren. Aber auch so frage ich mich manchmal, ob er mich mit seinem Strahlen nicht einfach manipuliert, ob ich nicht einfach Versuchskaninchen und Opfer bin. Ob das, was ich als Zärtlichkeit und Liebe empfinde, nicht einfach die Anwendung einer Technik ist, die dazu benützt wird, Opfer ruhig zu halten.

Myagio lächelte weiter. Er konnte meine Gedanken lesen, er wusste, was ich über ihn dachte, aber er hörte nicht auf, diese Güte auszustrahlen, der ich immer und immer wieder erliege.

,Mach nicht mutwillig Schönes kaputt', hörte ich ihn flüstern.

Und ich wusste, dass er Recht hatte, aber gleichzeitig blieb doch so etwas wie Zweifel. ‚Kämpf nicht dagegen, nimm an, was da ist.' Seine Stimme war ruhig wie die eines Hypnotiseurs. Aber ich spürte in mir einen Stachel, der in meinem Fleisch steckte: Mein Wunsch, an Liebe und Glück zu glauben war unendlich groß, doch riesig war auch der Zweifel, die Angst, dass ein Mensch nicht stark genug sein könnte für eine so große Liebe.

Aber Myagio war zweifelsohne kein Mensch.

‚Wer bist Du?'

Er besuchte mich nun seit Wochen, aber diese Frage hatte ich ihm noch nie gestellt. Vielleicht weil ich schon wusste, dass ich seine Antwort nicht verstehen würde.

‚Und wer bist du?'

Und schon saß ich wieder in der eigenen Falle gefangen. Denn tatsächlich, wer war ich? Ich hatte mir diese Frage in den letzten Wochen immer und immer wieder gestellt. Ich war diese alte Frau gewesen, die zu viel trank. Und jetzt war ich immer noch diese alte Frau, auch wenn ich mich nicht so fühlte und wenn ich nicht mehr trank. Damals, als ich den merkwürdigen Eiercocktail genommen hatte, war ich die dreißigjährige Tänzerin gewesen, mit ihren Hoffnungen, mit ihrer Hingabe an die Reduktion. Und dann hatte ich mich erlebt als eine Energiewelle in den Armen von Myagio, später als ein Pünktchen, das durch andere Universen schwebt. Und letzthin im Traum war ich ein Panther gewesen. Da gab es diesen Körper, gewiss, aber es gab auch mein Ich, das alles sein konnte und nichts.

‚Jetzt gerade, denke ich, bin ich eine Idiotin.'

Ich lachte und er lachte zurück. Und wie immer verband sich etwas in unserem Blick. Etwas aus mir und etwas aus ihm verwickelte sich, drehte sich umeinander wie zwei Schlangen im Paarungstanz. Ein Sog entstand, der die Distanz zwischen uns schmelzen ließ. Und noch immer weiß ich nicht, ob sich dann unsere Körper tatsächlich aufeinander zubewegen oder ob es nur unsere Energie ist, die sich unaufhaltbar gegeneinander schiebt, sich ineinander drängt und drückt, tausend Orte der Begegnung und der Berührung findet, schließlich ineinander eindringt, wobei

so etwas wie Schwärze und eine Implosion entsteht und schließlich in etwas zusammenfällt, von dem man nicht mehr sagen
kann, ob es ich, du oder es, alles oder nichts ist.

Und dann ist wieder eine Ewigkeit vergangen und Seligkeit
gewonnen und Seligkeit zerronnen. – Soll mir doch einmal einer
sagen, was diese verdammte Liebe überhaupt ist!

Noch eine Reise.

Gestern nahm mich Myagio mit in eine Welt, die fast durchsichtig war. Nur leichte Regenbogenfarben hingen an den Rändern der Dinge. Diese waren sonst normal geformt : Hügel und
Wege, Bäume und Gräser, Wolken und Wind. Eine wunder-
schöne, friedliche Landschaft. In ihr schien alles so leicht und
dünn, dass ich nicht mehr zu denken wagte, denn ich fühlte, jeder
Gedanke von mir war schwer wie ein Felsblock und könnte diese
zarte Landschaft erschüttern und zerstören. So versuchte ich
einfach nur leicht zu sein, so leicht, wie diese herrliche Welt. Und
dies löste ein unbeschreibliches Glücksgefühl aus. Ich leerte mich
und schwebte. Und ich liebte jedes vorhandene Ding. In mir stieg
der heftige Wunsch auf, mich für dieses wunderbare Erlebnis zu
bedanken und ich überlegte mir, was ich in dieser Wunderwelt
zurücklassen könnte. Aber nichts fiel mir ein, denn selbst ein
Rosenblatt wäre zu brutal und zu schwer und wahrscheinlich
zerstörerisch gewesen. Nur etwas war möglich: Ich brachte das
goldene Rosa, die Sonnenuntergangsfarbe, die am Rand einer
durchsichtigen Wolke spielte, durch meine Gedanken und meinen
Wunsch ein bisschen heller zum Leuchten. Es war kaum sichtbar, aber es war ein kleines bisschen mehr vom herrlichen Glanz.
Und die Welt antwortete mir und dankte mir. Ich spürte es, wie
das Flattern von Schmetterlingsflügeln an meinem Arm. Aber
zu sehen war nichts.

Später dann dankte mir Myagio für diese Erfahrung, indem er
dieses zarte Flattern wiederholte und es über meinen ganzen Körper gleiten ließ. Ich habe keine Ahnung, wie er das zustande
brachte. Aber in dieser Berührung war die ganze Leichtigkeit
und Zartheit einer großzügigen, nicht besitzergreifender Liebe.

Wer bist Du?

Nun habe ich ihm die Frage doch noch einmal gestellt. Myagio sagt, er wolle mir gerne erklären, was er könne, aber es sei wohl schwierig für mich, zu verstehen. Und natürlich hat er Recht.

Er sagt, er sei ein Wesen aus einer anderen Dimension und nicht von einem anderen Stern. Er sagt, dass die physische Welt, diejenige, die man messen, wägen und berühren kann, nur ein Ausschnitt der Wirklichkeit darstellt. Er sagt, dass wir zwar feste Körper erleben, aber dass selbst unsere Wissenschaftler sagen, dass es diese in Wirklichkeit gar nicht gebe, sondern dass es nur Elementarteilchen wären, die in der Leere umeinander kreisen. Und dass diese sich jederzeit in reine Energie verwandeln können, die dann keinen Körper und kein Gewicht mehr hat, aber trotzdem existiert.

‚Es gibt einen Mann bei Euch, ohne Hände, ohne Gehör und Augen, und der trotzdem begriffen, gesehen und gehört hat, dass sich die Welt weder beschreiben noch erklären lässt, wenn die Dimension der Beziehung und des Sinns ausgeschlossen bleiben. Die Welt ist grösser und weiter, als ihr gemeinhin denkt. Eure Welt ist nur ein Sonderfall im Schnittpunkt der Dimensionen. Doch das braucht euch keine Angst zu machen. Sobald ihr erlebt habt, dass euer Bewusstsein auch außerhalb von eurem Raumzeitkontinuum erhalten bleibt, versteht ihr, dass ihr nichts zu verlieren habt. Euer Bewusstsein verändert sich, aber es ist unsterblich. Ihr seid mit vierzig nicht mehr die gleiche Person wie mit zwanzig. Aber ihr seid ihr. Und du wirst immer du sein, durch alle Dimensionen hindurch. Nichts geht verloren.'

Ich sagte ihm, dass ich das einen beängstigenden Gedanken fände. Vielleicht möchte ich mich ja einmal loswerden, vielleicht möchte ich eines Tages nicht mehr sein.

‚Selbstverständlich gibt es diese Zustände', antwortete Myagio, ‚aber sie beruhen auf einem Irrtum. Sie beruhen auf der Meinung, dass sich dein Bewusstsein nicht verändert. Aber das ist nicht der Fall. Es wächst. Unbremsbar. Wie eine Tulpe, die im Frühling aus der Zwiebel will, auch wenn sie in einer Papiertüte

statt in der Erde steckt. Das Bewusstsein will wachsen und sich ausdehnen. Es will alle Möglichkeiten erforschen. Das ist seine wichtigste Eigenschaft. Es muss wachsen, es hat keine Wahl. Und es verändert sich, ob es will oder nicht. So dass es kein Problem gibt, wenn du nicht mehr du sein willst: Du wirst dann einfach ein anderes, und dieses will wieder sein. Du entwickelst dich vielleicht zu einem Vogel oder einem Mann. Vielleicht bist du plötzlich ich, oder du wirst ein Engel oder ein Gott oder ein Baum. Deine Neigung entscheidet, wohin du wächst. Und es wird dir nie wirklich langweilig werden, weil jede Richtung eine Herausforderung ist.'

Es war wirklich schwierig, ihn zu verstehen.

,Ich bin Dir noch eine Antwort auf die Frage schuldig, wer ich bin. Ich bin in der gleichen Lage wie Du: Ich weiß es nicht. Ich bin ein Bewusstsein, das aus einer Welt kommt, in der man nicht mit festen Körpern, sondern mit Energien umgeht. Unsere Sinnesorgane ermöglichen es uns, die Qualitätsunterschiede von verschiedenen Energien zu erfassen. Und wir haben im Lauf der Jahre gelernt, gewisse dieser Qualitäten zu kopieren. So verschaffe ich mir einen Körper, um Dich zu besuchen: Ich bringe die Energie hervor, die ihr zum Aufbau eurer Körper benützt. Ich musste ziemlich lange üben, bis mir das gelang. Und du siehst auch, dass mein Körper nicht so fest ist wie Deiner und leicht oszilliert.'

Ich muss ihn ziemlich erstaunt angestarrt haben, denn er sagte: ,Du brauchst nicht zu erschrecken. Es gibt mich, auch wenn ich nur selten einen Körper wie diesen annehme. Energie ist genau so unsterblich wie Bewusstsein, jedenfalls die Energie, mit der wir arbeiten.'

Ich vergaß, ihn mehr über diese Energie zu fragen.

Fremde. Feinde?

Ich war mir so sicher gewesen, dass das Zittern des Hauses Myagio ankündigte, darum war ich ohne ein Wort von Hanjo und Katja weggerannt. Doch als ich in meine Wohnung stürzte, war sie leer. Ich ging, ein wenig enttäuscht, hinaus in mein Gärtchen, um Luft zu schnappen und nach meinen Pflanzen zu sehen. Und da war es: Es hing relativ hoch zwischen den Häusern und glänzte gelblich wie ein Stern. 'Myagio', sagte ich in Gedanken, ‚Myagio, komm doch her!' Doch da spürte ich plötzlich, dass ich es mit etwas anderem zu tun hatte. Ich spürte einfach, dass dort jemand anderer schaute und dachte als Myagio.

Ich hatte keine Zeit, Angst zu haben, denn schon sah ich zu meiner Verblüffung aus dem Raumschiff einen bläulichen Lichtstrahl treten und das Erstaunliche daran war, dass er sich nicht wie ein normaler Lichtstrahl verhielt: Der Kegel stoppte über den Dächern der Häuser und endete einfach in der Luft. Dann suchte er anscheinend irgendwie herum und wurde wieder, wie der Fühler einer Schnecke, eingezogen. Dann kam er wieder und drehte sich erneut über den Häusern, deutlich hellblau im etwas grauen Himmel. Und dann, blitzartig sauste er hinunter und traf mich. Ich hätte mich noch retten wollen, nur einen Schritt hätte ich gebraucht, um in den Schatten des Türrahmens zu treten, aber es ging alles viel zu schnell. Und nun stand ich da, angenagelt und wie gelähmt, unfähig mich zu bewegen. Zu erstarrt, um mich zu fürchten.

In dem Lichtstrahl bewegte sich etwas. Ich fühlte mich irgendwie durchschaut. Und ich spürte so etwas wie einen Sog, der mich nach oben saugte und dem ich auf keinen Fall nachgeben wollte. Ich weiß nicht, wie ich Widerstand leistete, ich weiß nicht, wie man erstarrt und gelähmt überhaupt Widerstand leisten kann, aber etwas in mir war auf seltsame Art stark und hart. 'Nur über meine Leiche' sagte etwas in mir und diese Hartnäckigkeit schien mich im Boden zu verankern. Jedenfalls stand ich da und fixierte meinen Rosmarinbusch und besah mir die getrockneten Blüten zwischen seinen Nadeln, das weiß ich noch genau. Meine Haut wurde heiß und kribbelte und ich fragte mich, wie lange ich wohl durchhalten würde, denn es schien mir, ich sei schon seit Jahrhunderten so festgenagelt. Ich fühlte mich elend. Und dann plötzlich lockerte sich der Druck. Der Lichtrüssel wurde eingezogen und mit einem stillen Knall, so wie eine Seifenblase platzt, verschwand das Raumschiff. Und in diesem Moment fiel die ganze Anstrengung und Müdigkeit in einem einzigen Augenblick über mich her und ich brach fast zusammen. Mit letzter Kraft schleppte ich mich zum Sofa. Ich zitterte und weinte vor Erschöpfung und Angst und Schreck. Noch schlimmer aber war die Enttäuschung, dass das, was bisher nur schön gewesen war, plötzlich bedrohlich und böse wurde. Ich konnte es einfach nicht fassen.

Es ging wohl bereits gegen Abend, als ich merkte, dass Myagio im Lehnstuhl gegenüber saß. Inzwischen war ich so müde, dass es mich kaum mehr kümmerte. ‚Bist du schon lange da?' fragte ich bloß, ohne dass ich mich für seine Antwort interessierte.

Da traf mich sein Blick und brachte mich wieder zum Weinen, weil so viel Sorge und Anteilnahme in ihm war. ‚Haben Sie dir weh getan?' fragte er.

Ich war nicht fähig zu antworten. Da nahm mich Myagio in die Arme, falls man das so ausdrücken kann. Er nahm mich an sich und ich konnte seine leichte Vibration fühlen und den Fluss aus Liebe und Lebendigkeit, der nun auch wieder anfing durch mich hindurch zu fließen und langsam die Müdigkeit und das Entsetzen, in dem ich noch immer gefangen war, wegzuschwemmen. Ich weinte noch ein wenig, aber diesmal voller Erleichterung, dass alles vorbei war. So saßen oder lagen wir lange. Draußen war Nacht, aber im Raum herrschte ein sanftes Licht, ohne dass eine Lampe brannte und in mir war es eben so hell: ein stilles Glück und Wohlbehagen überlagerte meine Erschöpfung.

‚Was war das?' frage ich schließlich.

‚Man kann es nie so genau wissen', antwortete Myagio, ‚es treiben sich so viele verschiedene Wesen und Energien in den Dimensionen herum.'

‚Ich verstehe nicht', protestierte ich mit wenig Nachdruck. Und nach einer kurzen Überlegungspause fing Myagio zu erzählen an. Wie eine Mutter, die am Bett ihres Kindes eine Geschichte erzählt, damit es abgelenkt in Schlaf gleitet, so bettete mich Myagio an seine Brust und begann mit ruhiger Stimme zu sprechen.

‚Die Welt ist kompliziert und komplex. Ihr seid ein Volk, das es sich einfach macht und sich auf eine einzige Realität be-

schränkt. In Wirklichkeit habt ihr aber einfach eure Sinnesorgane so lange eingeschränkt, bis ihr nur noch partiell wahrnehmen konntet. Unsere Völker lassen viel mehr zu, aber auch wir wissen nicht alles. Wir bewegen uns in sechs Dimensionen, aber es herrscht der Glaube, dass es noch weitere gibt. Dass sich Raum und Zeit durchdringen, ist auch für euch klar, aber ihr wisst nicht, dass Sinn und Intensität genau so unlösbar mit der Realität verbunden sind, wie Länge, Breite, Höhe und Zeit. Darum bewegen wir uns nicht nur in Raum und Zeit, sondern auch in verschiedenen Intensitätsgraden und Sinnmustern frei herum. Wir erforschen unsere Welt, so wie ihr eure erforscht. Aber natürlich mit ganz unterschiedlichen Motiven. Jeder verfolgt das Ziel, das für ihn und seine Existenz Sinn macht. Ich zum Beispiel, bin am Fühlen interessiert. Ich habe festgestellt, dass unsere Art zu sein, sich von eurer im Fühlen unterscheidet. Wir erkennen die gleichen Farbnuancen wie ihr und sogar noch mehr, aber sie lösen in uns nur Wissen und kein Fühlen aus. Darum bin ich von dir angezogen worden und mein Wunsch, von dir zu lernen, war intensiv genug, damit ich vor dir erscheinen kann. Die Form, die ich dabei annehme, ist zum größten Teil von dir – deiner Vorstellung und Erwartung entlang, angelegt. Du weißt, dass dieses Haus und deine Möbel nichts sind als eine winzige Masse an kreisenden Elementarteilchen. Dank euren Fähigkeiten nehmt ihr diese als feste Materie wahr. Und so siehst du mich als Körper, der ich in Wirklichkeit nur ein Gedanke und ein Wunsch bin, der sich mit deinem Gedanken und deinem Wunsch in einem bestimmten Augenblick trifft. Je grösser dabei unsere Übereinstimmung ist, desto leichter fällt es mir, vor dir zu erscheinen. Darum ist die Liebe die beste Brücke zwischen den Realitäten und den Dimensionen. Die zweitbeste übrigens, ist die Angst.'

Ich achtete nicht auf diese letzte Bemerkung. Ich kuschelte mich an den herrlichen Körper, der also meinem Wunsch und meinen Gedanken entsprungen war. Was kümmerten mich die verschiedenen Realitäten, solange sie sich gut anfühlten! Doch als ich am Morgen erwachte, zermarterte ich mir den Kopf, ob ich alles bloß geträumt hatte. Die Sorge darüber, was real ist und was nicht, verfolgt mich nach wie vor. Ich beschloss, mit Hanjo zu reden. Er ist ein studierter Mann. Ich möchte von ihm wissen, wie ‚unsere Seite', die sogenannte Wissenschaft diese Dinge sieht.

Hanjo weiß auch nicht mehr.
Ein chinesischer Gelehrter erzählt eine Geschichte über einen chinesischen Mönch. Dieser Mönch träumte, er sei ein Schmetterling. Und als er erwachte, fragte er sich: Bin ich nun ein chinesischer Mönch, der träumt, er sei ein Schmetterling, oder bin ich ein Schmetterling, der träumt er sei ein chinesischer Mönch?

Diese Geschichte war eigentlich das Gescheiteste, was beim Gespräch mit Hanjo gestern herauskam. Zwar war er im Gegensatz zu früher, als ich von meinen exotischen Abenteuern sprechen wollte, sanft und freundlich. Eigentlich ist das überhaupt ein ungeheuer sanfter Mann mit seinen wässrigen Augen, die sich weiten wie das Meer. Ich glaube, er versteckt sich nur hinter seinem Zynismus und seiner Schlamperei, weil er sich irgendwie fürchtet, sein wahres Wesen zu zeigen. Jedenfalls kam er mir gestern sehr verändert und sehr liebenswürdig vor. Aber weiterhelfen konnte er mir wenig bei meinem Realitäten-Problem.

‚Du', meinte er, ‚ich bin Historiker und versuche gerade, darzustellen, wie Amerika unabhängig wurde. Und dass dies nur dank der damaligen Feindschaft zwischen England und Frankreich überhaupt möglich war. Aber alles, was ich beschreibe, ist nur eine Annäherung an die Wahrheit und die Realität. Denn wir müssen uns ja auf Quellen stützen und diese Quellen sind immer nur eine Auswahl von dem, was damals wirklich war. Und: Das Wichtigste wird darin meistens nicht gesagt, weil es so selbstverständlich ist, das keiner auf die Idee kommt, es aufzuschreiben. Kommt dazu, dass die Berichterstatter mit einem Filter schreiben, denn schließlich ist jeder durch seine Zeit und deren Umstände und seine persönliche Biographie geprägt. Und ich, wenn ich diese Quellen lese, sehe das alles ebenfalls durch die Brille unseres Zeitgeistes. Was war nun wirklich wahr? Die Wahrheit ist hinter sieben mal sieben Schleiern versteckt. Sie ist

dahinter zu einem so zarten Wesen geworden, dass man sie wahrscheinlich gar nicht mehr einfangen kann.' Er fuhr mit der Hand durch die Luft, als ob er eine Mücke fangen wollte. ‚Eigentlich sind Aussagen, was wirklich ist, immer nur Mutmaßungen. Sie spiegeln mehr die Bedürfnisse des Mutmaßers als die Wahrheit. So kommt es mir vor. Aber in Wirklichkeit habe ich keine Ahnung und ehrlich gestanden im Moment auch ganz andere Probleme.' Und ich wusste, dass sein Problem Katja heißt, denn das war leicht zu sehen, dass er in sie verliebt ist und sie in ihn. Aber dass es aus irgend einem Grund nicht sein darf.

Als Myagio das nächste Mal kam, wusste er wie immer, was ich erlebt und gedacht hatte. ‚Eure Beschäftigung mit dem, was ihr als Realität betrachtet hat sicher ihre guten Seiten, aber sie ist krankhaft in dem Sinne, als ihr Dinge trennt, die zusammengehören. Warum musst Du wissen, was ich bin? Warum fühlst Du Dich sicherer, wenn Du es zu wissen meinst? Das ist Dein Verstand, der wie ein kleinlicher Gartenbesitzer sein Stückchen Rasen verteidigt. Außerhalb des Zauns ist auch Welt, so viel Welt, schöne und hässliche Welt, unverständliche Welt. Warum willst Du sie nicht genießen? Nur weil Du nicht verstehst?'

Während er sprach, geschah etwas sehr Seltsames. Es war, als ob die Energie, die zwischen uns floss, ihre Richtung umkehren würde, es war, als ob ich plötzlich in ihm drin wäre und seine Gedanken dächte und seine Gefühle spürte. Und ich fühlte seine Trauer über meine Einengung und Begrenzung. Und ich empfand eine maßlose Lust, die Grenze zu sprengen und über die Beengung wegzuspringen. Eine wilde, fast rauschhafte Freude packte mich und der Wunsch, mich hineinzustürzen in das Unbekannte, mich hinzugeben an das Ungewisse, das Abenteuer des Fremden zu kosten, selbst wenn ich es mit meinem Leben bezahlen müsste. Ich lachte ihn an und sagte ohne Worte ‚Du hast ja so recht' und ließ mich fallen. Und nun erlebte ich zum ersten Mal mit vollem Bewusstsein, wie er mich berührte. Und wie mich mit ihm die ganze Welt berührte. Der unbekannte Kosmos drang in mich ein und schenkte mir eine nicht aufzählbare Fülle. Das Glück und die Wonne waren von einer Größe, die nicht zu beschreiben ist. Alles berührte mich und ich berührte alles auf tausendfältige Art, jede erstaunlicher und lustvoller als die andere. Alles war in mir und ich war alles. Und es war eine unfassbare Skala von Empfindungen und Freude, die alles Dunkle und Gefährliche als besondere Kostbarkeiten mit enthielt. ‚Myagio‘, murmelte ich, hingerissen vor Liebe, die Zunge dick wie ein Stein in meinem Mund. Er aber schloss ihn mir mit seinen unglaublichen Lippen und ich hörte ihn denken: ‚Das bist du, meine Liebste, das bist alles nur du."

Und vielleicht war ich es in jenem Moment, aber jetzt ist das Riesige wieder geschrumpft. Aber es wird in mir nachklingen bis zu meinem allerletzten Tag. Und die Erinnerung daran wird mir immer sagen, dass es sinnlos ist, wissen zu wollen, was war und was ist. Wir sind gebaut, zu erleben und nicht zu verstehen. Und was ich erlebt habe, habe ich verstanden, auch wenn ich es nicht erklären kann. Wie kann ich Myagio nur je meine Dankbarkeit erweisen?

Plötzliches Wissen!

Ich sehe plötzlich Dinge, die ich vorher nicht gesehen habe. Als Gewissheit stehen sie vor mir da, ohne dass ich weiß, woher dieses Wissen kommt. Ich sah, dass Hanjo an der Schwelle zu einem neuen Leben steht und dass dieses sehr erfolgreich verlaufen wird. Und dass sein Erfolg mit dem zusammenhängt, was im Moment gerade mit uns und um uns herum geschieht. Ich sah, dass er in Katja verliebt ist, aber dass es etwas gibt, was sie trennt. Und mir wurde immer klarer, was es war. Und Myagio bestätigte mir später, dass ich richtig gesehen hatte.

‚Ja, sie haben sie als Kind geholt‘, sagte er. Und als ich ihn fragte, wer "sie" seien, erklärte er mir, dass unter den vielen unbekannten Essenzen, die den bekannten Kosmos ausmachten, Wesen existierten, von denen immer wieder berichtet wurde und die einen sehr starken Einfluss auf diejenigen hatten, deren Weg sie kreuzten. ‚Sie nehmen sie zu sich, untersuchen sie und erlauben ihnen zum Dank dafür einen Blick in andere Welten. Und viele erholen sich nie mehr davon.‘

Spaghettiessen bei Hanjo

Ich weiß nicht, was über uns kam, aber plötzlich trieben Hanjo und ich Katja in die Enge. Und darum musste dieses arme, kleine Mädchen zum Fragebogen greifen, der sie wie an einem Geländer durch ihre Verlegenheit und Pein hindurch führte. Ich sah, wie sie sich anstrengte, um bei der Sache zu bleiben, wie sie die Gefühle wegschob, die immer wieder zwischen ihre wohlgeordneten, akademischen Gedanken dringen wollten. Ich sah sie kämpfen und sie tat mir so leid, weil ich wusste, dass ihr Untergang zugleich ihre Befreiung sein würde. Aber sie würde es erst später verstehen, wenn alles vorbei sein würde. Aber im Moment versuchte sie alles zu vermeiden, um je dahin zu kommen. Verrückte Welt, arme Menschen, die so viel Kraft verbrauchen, um sich gegen ihr Wohl zu stemmen. Nach Myagio ist dies typisch für unseren Zustand auf dieser Welt. Er sagte, dass der größte Teil der Schmerzen, den wir erleben, selbst zugefügt sei, durch unsere Weigerung, uns dem Fluss der Dinge zu überlassen.

Ich überlegte mir, wie sehr das auch für mich zutreffen könnte und wollte mir in Gedanken schon auf die Schultern klopfen, weil ich mir sagte, dass ich eigentlich in meinem Leben nicht viel gelitten und mich immer einigermaßen willig in mein Schicksal ergeben hätte. Da nahm mich Myagio lachend in die Arme und sagte: ,Hast du vergessen, wie du innerlich getobt hast, als ich dir die Blumen schickte? Erinnerst du dich nicht mehr, was es dich gekostet hat, mich endlich zu akzeptieren? Und wie wirst du reagieren, wenn ich dich mitnehmen will?'

Bei diesen letzten Worten allerdings erschrak ich fast zu Tode. ,Mitnehmen willst du mich?' Ich konnte vor Schreck kaum sprechen. ,Wohin denn?'

,Überlasse das dem Fluss der Dinge', antwortete Myagio milde. ,Und sei dir nicht böse: Es ist sehr normal, Angst zu haben.'

Und jetzt habe ich tatsächlich Angst.

Katja.

Ich weiß nicht, ob es eine gute Idee war, sie zum Tee einzuladen. Meine Absicht war, ihr zu helfen, aber wie immer ist das schwieriger, als man denkt. Ich begann damit, dass ich sie über ihr Studium und ihre Lizenziatsarbeit befragte. Ihre These, dass sich die Menschen in der Phantasie das schaffen, was sie in ihrer Realität vermissen, finde ich wirklich interessant. Allerdings wurde die Diskussion schwierig, als ich nach dem Realitätsgehalt der Erfindungen fragte. Sie sah mich konsterniert an.

‚Angenommen, du hast recht', sagte ich – ich hielt es für notwendig, Klartext zu reden – ‚angenommen meine Ufo-Geschichte entspringt meiner Phantasie. Wie erklärst du dir, dass so viele Leute diese Phantasie teilen, dass das unserer Zeitung eine Wochenendbeilage wert ist?'

Sie brauchte eine ganze Weile bis sie anfing, von Massensuggestion und Massenhysterie zu stammeln. Ich ließ sie eine ganze Weile reden. Und sie verwickelte sich schrecklich, weil sie mir nicht zu nahe treten wollte, das Phänomen aber doch möglichst weit von sich weg schieben wollte.

‚Weißt Du, was ich glaube', fuhr ich schließlich dazwischen, um sie zu erlösen: ‚Die unterschwellig Gläubigen sind die hartnäckigsten Leugner. Wer weiß, ob du nicht selber Erfahrungen mit Ufos hast.'

Katja wurde bleich. ‚Du bist verrückt', sagte sie leise.

‚Selbstverständlich', sagte ich laut.

Dann lachten wir. Danach sprachen wir über nebensächliche Dinge.

Bevor sie ging, sagte ich in einer plötzlichen Anwandlung: ‚Sieh Dir diese rote Mappe an. Falls irgend etwas mit mir geschieht, hol sie Dir. Sie liegt da auf dem Schreibtisch.'

Die Einwilligung.

‚Du willst mich also mitnehmen?'

Myagio nickte.

‚Bedeutet das, dass ich sterben muss?'

Myagio nickte.

Ich erstarrte. Natürlich bin ich eine alte Frau und müsste zum Sterben bereit sein. Aber so direkt ausgesprochen, fand ich es nicht schön.

‚Und wenn ich nicht will?'

Er lächelte. Und wieder war sein Ausdruck so süß, dass ich mich entspannte, ob ich wollte oder nicht. ‚Du wirst wollen.'

‚Myagio, mach es mir nicht so schwer, bitte.'

Er lächelte wieder. ‚Du hast dich mir gegeben, immer wieder. Du hast dich fallen gelassen, immer mit Freude. Jedes Mal bist du gestorben und jedes Mal bist du wieder auferstanden. Warum fürchtest du dich so sehr.'

‚Ich bin immer wieder in diesem Körper aufgewacht.'

‚Liegt dir so viel an diesem Körper?'

Nein, an diesem Körper liegt mir nicht mehr viel. Er ist alt und verbraucht und lange Zeit schämte ich mich sogar für ihn. Aber es ist doch mein Körper, ich kenne ihn. Und vor allem, ich weiß nicht, was ich ohne ihn bin.

Myagio liest wie immer meine Gedanken. ‚Du denkst zu viel.' Seine Gedanken dringen in mich wie Worte. ‚Du verteidigst dein kleines Gärtchen, wo dir doch die Welt gehört. Wähl die Weite, wähle mich.' Er sah mich an und ich schmolz ihm entgegen. ‚Du kannst nein sagen, noch kannst du nein sagen.' Er blickte so ernst. Und ich fühlte ihn. Und ich spürte, dass er mich haben wollte, dass es ihm weh tat, mich zurückzulassen. Mein Gott, wie ich ihn liebte und wie ich jeden Schatten auf seiner Seele vermeiden wollte. Alles was ich war, und es war nicht mein Körper, flog auf ihn zu. ‚Ich werde bereit sein', flüsterte ich."

24

"So früh soll, schöne Seele, dir die Stunde,
Die letzte Stunde schlagen, die nach oben
Dich heimatlich beruft, um Gott zu loben
Mit reinen Geistern in beglücktem Bunde.

Begnadet zu der auserlesenen Runde
Der hellsten Sterne wirst Du aufgehoben.
Dort strahlest Du, von Himmelsglanz umwoben,
Gibst leuchtend deines Glückes frohe Kunde.

So steigst Du hoch und höher noch empor,
Lässt Kreis um Kreis, des Segens stolz, zurücke,
Gesellest flammend dich dem höchsten Chor.

Welch strahlend Licht auch die Gestirne schmücke,
Er stirbt dahin vor deiner Glorie Pracht;
Die Sonne selbst verlöscht in dunkler Macht."

Dieses Gedicht schrieb Petrarca zum Tode seiner goldlockigen Geliebten, als sie 1348 an der Pest starb. Man stelle sich das vor: Dieser Inbegriff strahlender Schönheit, dieses Wesen, dessen Anmut Vögel zum Singen, Steine zum Weinen und Büsche zum sich Verneigen brachte, diese vielbesungene Frau wurde vom schwarzen Tod vernichtet. Ihre demutsvolle, adlige Seele konnte es nicht verhindern, dass auf ihrem schönen Leib schwarzblau schillernde Beulen wuchsen und ihre weiße Haut aufbrechen ließen.

Sie war keine junge Frau mehr gewesen, als sie dahinging. Sie hatte ihrem Ehemann, dem Grafen de Sade, einem Vorfahr des berüchtigten Marquis, zwölf Kinder geboren. Ihr Gesicht muss von den Geburten gezeichnet gewesen sein, und auch ihr Körper. Ihre Brüste hatten sicher die Form verändert, an ihrem Hals zeigten sich wahrscheinlich Falten. Ihre Hände und Füssen waren breiter geworden. Und gab es nicht auch einen Zug von Enttäuschung um ihre schönen Lippen? War das der Grund, dass sie sich plötzlich Francesco doch ein wenig huldvoller zuzuneigen begann? Er war inzwischen ein berühmter Dichter geworden. Noch keine 25 zählte er, als er ihr begegnete, die damals sicher noch einige Jahre jünger war. Und sie hielt ihn, trotz ihrer Jugend, gekonnt in tugendhaftem Schach. Nun schien sie zu freundschaftlichem Austausch bereit, nun war sie alt und desillusioniert genug, um seinem Schmeicheln wenigstens ein kleines Stückchen nachzugeben. Und dann kam das Ende. Die schwarze Pest, die quer durch Europa wütete und rund 25 Millionen Menschen das Leben kostete, holte die schöne Laura.

Laura Müller ist nicht die vom Dichter besungene Laura. Diese alte, vom Leben und von schlechten Gewohnheiten abgenützte Vogelfrau hat nichts mit der goldgelockten Renaissance-Schönheit gemein. Und doch erweckte sie Hanjos Phantasie. Und jetzt auch meine. Ihre Art, auf Ungewohntes einzugehen und die Weise, wie sie dieses beschreibt, gingen mir nahe. Wie Myagio sah ich herrliche Farben durch sie und spürte ihre Gefühle durch mich fluten. Und ich hätte viel darum gegeben, um mehr über diese Frau zu wissen. Ich spürte Sympathie für sie. Und dass ihre Aufzeichnungen so plötzlich endeten, stürzte mich in eine Art Leere, die in Depression zu kippen drohte.

Es gab einfach zu viele seltsame Eindrücke und zu viele offene Fragen. Meine Gefühle drohten Amok, zu laufen. Ich bemühte mich um Klärung und versuchte, Ordnung in meine Gedanken zu bringen.

Was lag vor:

Zeuge 1 war Hanjo. Er berichtete von seltsamen Lichterscheinungen in seiner Wohnung und im Stadtpark. Und die örtliche Zeitung bestätigte, dass sich in jenen Tagen etwas Ungewöhnliches am Nachthimmel der Stadt abspielte.

Zeuge 2 war Katja. Sie schien irgend ein psychisches Problem zu haben und führte es auf eine Begegnung mit etwas Unbekanntem zurück.

Zeuge 3 war die Literatur über Ufos, in der zu viele, gründlich recherchierte und mit Beweisen unterlegte, unerklärliche Erscheinungen beschrieben wurde, so dass es mir nicht mehr gelang, das alles einfach als Unsinn zu Seite zu wischen. Dazu gehören überzeugende Berichte über Veränderungen an Böden und Pflanzen, über Einwirkungen auf elektrische Systeme. Dazu die vielen Aussagen von hochrangigen Militärpersonen, die sagen, dass es da etwas gibt, das real ist und trotzdem unverständlich. Besonders eindrücklich aber ist die Sammlung von Entführungsfällen, hinter denen tatsächlich eine fremde Intelligenz zu vermuten ist, die systematisch irgend einen Zweck verfolgt.

Zeuge 4 war Frau X, die mich in dieses ganze Thema hineingezwungen hatte und die so aufgetreten war, als ob sie mehr wüsste. Auch über mich!

Und Zeuge 5 war ich selber, meine Betroffenheit über all die Geschichten, meine Faszination. Mein Nasenbluten als Kind. Meine Narbe am Rücken. Und die Angst, dass an jenem Abend, als ich zu spät nach Hause kam, tatsächlich etwas mit mir passiert sein könnte.

Griffen hier seltsame Realitäten in unsere Wirklichkeit hinein? Oder war ich auf dem Weg, einer Massenpsychose zu erliegen?

Ich beschloss, noch mehr Information zu sammeln. Ich schrieb an Frau X.

Die Antwort ließ auf sich warten und als sie kam, war sie nicht von Frau X. Diese war erkrankt und befand sich offensichtlich in einem ziemlich besorgniserregenden Zustand.

"Seit Jahren erledige ich Schreibarbeiten für Frau X. Ihr Brief hat sie noch vor ihrer Erkrankung erreicht und ihr war sehr daran gelegen, dass er bald beantwortet würde. Sie hat mir aber nur zu ein paar Punkten Angaben gemacht und im Moment ist sie nicht ansprechbar. Ich liste Ihnen darum hier auf, was ich weiß:

Frau Laura Müller ist schon seit Jahren tot. Ihre Leiche wurde am Flussufer gefunden und niemand konnte sich erklären, wie sie dahin gekommen war. Es gab keinerlei Hinweise auf Gewalteinwirkung.

Hanjo ist tatsächlich der Neffe von Frau X. Er hat sich, nach abgeschlossenem Geschichtsstudium, in die Berge zurückgezogen und die Sägerei seines Vaters übernommen. Er stellte eine Produktion von Kinderspielsachen aus Holz auf die Beine und ist sehr erfolgreich damit. Er hat Katja geheiratet und sie haben vier Kinder. Die Familie ist Mitglied einer strengen, religiösen Gemeinschaft und lebt sehr verschlossen und abgeschieden. Sie haben jeden Kontakt zu ihrer Vergangenheit und damit auch zu Frau X abgebrochen. Die Papiere, nach denen Sie gefragt haben, befanden sich im Nachlass von Herrn X. Wie sie dahin gelangten, ist nicht bekannt.

Frau X hat sonst nichts angesprochen. Ihre Fragen nach ihren Erfahrungen und nach dem, was sie wisse, kann ich deshalb nicht beantworten. Und die Wahrscheinlichkeit, dass auch Frau X sie nicht mehr beantworten kann, steigt mit jedem Tag. Jedenfalls halten die Ärzte ihren Zustand für sehr ernst."

Der Brief schloss mit den üblichen Floskeln und verstärkte bei mir das Gefühl, vor einer Flut von Fragen zu stehen, die über mir zusammenzuschlagen drohte. Eine gefährliche, schwarze Wand bäumte sich vor mir auf, genährt von der ungemütlichen Angst, dass mich das alles etwas angehen könnte, dass ich eine Beteiligte in dieser Geschichte sein könnte. Ich musste mir unbedingt Klarheit verschaffen. Aber wie?

Ich tat, was ich immer tue, wenn ich nicht mehr weiter weiß, ich stieg auf "meinen" Berg.

25

Am 26. April 1336 bestieg Francesco Petrarca den Mont Ventoux, einen südfranzösischen Alpenausläufer von 2070 Metern Höhe. Das war damals ein fast frevelhaftes Unternehmen. Berge waren gefährlich, Berge waren mit Bösem besetzt und keinem Menschen stand es zu, sich in die Höhen aufzuschwingen, die eigentlich nur den Göttern zugedacht waren. Der Mensch hatte von unten nach oben zu schauen. Oben, von der Spitze der Hierarchie aus, wurde hinunter in die menschlichen Niederungen gemeldet, was zu tun und zu denken sei. Der freie, schweifende Blick stand dem gewöhnlichen Menschen nicht zu.

Petrarca widersetzte sich und machte sich, begleitet von seinem Bruder, auf den Weg. Ein alter Hirte warnte ihn: Er hätte das gleiche vor fünfzig Jahren getan und nichts als Reue und einen zerschundenen Leib zurückgebracht und seit ihm hätte es keiner mehr gewagt. Doch Francesco lässt sich nicht abhalten. Mühevoll sucht er sich einen Pfad durch die steilen Hänge des hellen Kalkschotters, rutscht immer wieder und fällt beinahe. Er denkt darüber nach, dass der Weg zum seligen Leben genau so schwierig und mühsam sei und dass es keine bequemen Umgehungspfade gebe. Endlich erreicht er den Gipfel und erlebt die Weite! Und sie betäubt ihn fast. Nun liegen die Wolken zu seinen Füssen und die Landschaft breitet sich aus. Felder und Wälder so weit das Auge reicht. Die eisigen Alpengipfel bilden einen hellen Strich in der Ferne und dort ahnt er auch sein geliebtes Italien. (Francesco Petrarca war ja ein Flüchtling und Asylant in Frankreich.) Vor ihm das glitzernde Band eines Flusses das gegen die blauschillernde Meeresküste verschwindet. Der Ausblick war herrlich, die Weite so unbegrenzt, dass sich auch Petrarcas Seele weitete. Doch nicht für lange!

Die Betrachtung des Raumes bringt den Dichter – wie modern – auf die Betrachtung der Zeit und er schaut auf die Jahre, die hinter ihm liegen. Doch nun, ganz im Sinne des kirchlich gesteuerten Zeitgeistes, verurteilt er sich, dass er sich in der Vergangenheit auch dem Schönen und nicht ausschließlich der Entwicklung seiner Tugend gewidmet hat. Er zieht eine kleine Taschenausgabe mit den Bekenntnissen des Augustinus hervor und schlägt das Büchlein irgendwo auf. Und steht vom Donner gerührt. Denn er stößt genau auf die Stelle, wo der Kirchenvater den Genuss des Schauens geißelt: "Und es gehen die Menschen, zu bestaunen die Gipfel der Berge und die ungeheuren Fluten des Meeres und die weit dahinfließenden Ströme und den Saum des Ozeans und die Kreisbahnen der Gestirne, und haben nicht acht ihrer selbst." Die Kirchenhierarchie hat Francesco wieder in den Klauen. Er, der als erster die Natur in bewegenden Worten zu besingen wusste, fühlt sich nun schuldig, ihre Schönheit gesehen und genossen zu haben. Er ist plötzlich Sünder und richtet seinen Blick weg von der Welt, senkt seine Augen beschämt zu Boden.

Francesco Petrarca, ein Mann zwischen zwei Epochen, ein Mensch zwischen Stuhl und Bank. Genau so fühlte ich mich auch, als ich nun in den Nachthimmel hinaufsah. Der Mond war zunehmend und schon sehr hell und sein milchiges Licht zog sich wie ein Schild vor die unwägbare Dunkelheit des Alls. Nur im Westen und Norden war es so dunkel, dass ein paar Sterne zu funkeln vermochten. Was verbarg sich in den Weiten hinter diesem milden Mondlicht?

Ich legte mich ins Gras. Es war gefroren, aber ich war so gut angezogen, dass die Kälte nicht bis zu mir durchdrang. Ich schaute in den Himmel. Wenn sich ein Ufo zeigen würde, wenn mir geschehen würde, was Hanjo und Katja und Frau X und vielen anderen geschehen war, dann wäre es leicht, klar zu sehen. Aber am Himmel regte sich nichts. Und trotzdem, ich spürte, dass ich nicht allein war. Aber dieses Gefühl war nicht mehr als ein Gefühl. Vielleicht von meiner Psyche fabriziert.

Da war ich nun, über mir der unendliche Himmel, in mir eine Psyche, ebenso undurchschaubar und unfassbar wie das All. Ich war nichts als ein Nadelstich im Universum, eine winzige Pore im Pelz des großen Welttiers. Vor mir weitete sich die Natur ins Unendliche. In mir weitete sich die Natur ins Unendliche. Und ich war nichts als ein winziges Bewusstsein im Schnittpunkt dieser Dimensionen.

Einstein kam mir in den Sinn, der gesagt haben soll, dass es sich mit dem Wissen verhält wie mit einem Luftballon: Je mehr dieser aufgeblasen wird, desto grösser wird sein Umfang. Je mehr Wissen wir sammeln, desto grösser wird die Grenze zum Unbekannten.

Was hatte Frau X gemeint, als sie mich aufforderte, um das Wissen zu kämpfen? Ich sah sie vor mir, diese einstmals stolze, alte Dame. Was hatte sie gemeint? Dass man um Klarheit kämpfen soll, auch wenn man weiß, dass man sie nie erreicht?

Der fahl gescheckte Mond über mir hatte einen Hof, der am Rande in fast unsichtbaren Regenbogenfarben verschwamm. In den tiefer gelegenen Wäldern brauste der Wind. Er wechselte von hier nach dort, von links nach rechts, von hinten nach vorne. Es war wie ein Tanz, wie ein Lied. Ich war allein und nicht allein. Augen schauten mich an. Augen aus der Vergangenheit, wie die in der Fotoausstellung von Frau X. Aber auch Augen aus der Zukunft, vielleicht Augen von fremden Sternen, von andern Wesen. Von Unbekannten in tausend Formen. Was wollten sie von mir?

Plötzlich sank die Klarheit wie ein sanftes Licht in mich, sie landete im schillerndem Glanz wie ein wundersames, freundliches Ufo: Ich würde nicht kämpfen. Ich würde nicht suchen und nicht versuchen, zu verstehen. Ich würde einfach schauen. Mit den Augen von einst und jetzt, mit den Augen von hier und dort. Denn sie waren alle mein, diese Augen, gemacht um zu sehen, gemacht um Zeuge zu sein, für alles, was dieses unendliche Universum hervorbrachte und -bringt.

Aus diesem Moment des Nichtwissens heraus, wusste ich: Augen sind zum Sehen gemacht und nicht zum Senken. Ich würde sie offenhalten, ich würde hinblicken, auch wenn sich Unerklärliches oder das total Unwahrscheinliche zeigt!

Von der gleichen Autorin:

Auf den Schwingen des Pendels
Die Königin der Feuersalamander
Im Labyrinth der Kraft
Von Menschen und Geistern
Liebe überlebt
Arkana
Das Licht der Wüste
Weißes Feuer, schwarzer Schnee

Alle auch als e-book bei kindle-bookshop

www.ingramcontent.com/pod-product-compliance
Lightning Source LLC
Chambersburg PA
CBHW060436130626
46555CB00005B/2382